Le parfum des fleurs la nuit

夜 裡 的 花 香

蕾 拉 · 司 利 馬 尼

Leïla Slimani

我在博物館漫遊一晚的所見所思

林佑軒譯

我不曉得孤獨是否存在。若孤獨真的存在，人們應當有權時不時將孤獨夢想為天堂。

——阿爾貝・卡謬（Albert Camus）

有藝術的地方，沒有衰老，沒有孤獨，沒有病痛，連死亡也威勢減半。

——安東・契訶夫（Anton Chekhov）

獻給

使我成為作家的尚—瑪希・拉克拉費定（Jean-Marie Laclavetine）

吾友薩爾曼・魯西迪（Salman Rushdie）

目錄

推薦序

寫作與抵抗

朱嘉漢（小說家）

蕾拉・司利馬尼一出道，就是巴黎文化圈的寵兒，尤以法國總統馬克宏委託重任，擔任「法文推行形象大使」。

她的文學之路無疑順遂。但我們不免問：作者與作品的「成功」，能否解決促使她寫作的問題之根？又能回應她以文學形式拋出的問題嗎？她在作品裡關注的社會與家庭對於女性的暴力與壓力，少數族裔的歸屬感，若在文學取得成功，進而給作者帶來光環，但在引起短暫的關注之後，結構若絲毫沒有鬆動，那麼寫作的實踐，會不會只是一種消費？消費讀者廉價的同情，消費著作者一廂情願想像的他者苦難？

文學作者若有足夠的經驗與自省，應該不難察覺。無論關懷主題多大，或所處的社會如何看待文學，**作者最該關心的，就是文學本身**。

作者必須永遠嚴肅且固執地去問文學、作者、作品、語言風格、結構等基本問題。換句話說，愈是想認真處理議題，或進行哲學的思辨，就愈需要去面對作品的形式。

在《夜裡的花香》開頭，我們看見作者在進行下一本長篇的書寫期，拒絕一切社交，但筆下的人物與世界正遠離或拒絕作者的時候，那份於內於外都切實無比的孤獨。

作品卡關的時刻，或許我們會以為，文學本身也枯竭了。事實剛好相反，一個作者擁有最豐沛的文學話語的時刻，往往在作品的困頓處。該擔憂的不是無話可說，而是忍不住說得太多，使得文學成為一種自說自話。許多時候，我們寧願忍耐著的，是這種話語充盈卻不能輕易出口的寂寞。

這份孤獨沒有人可訴說，於是某種文學書寫成立。文學的語言不是誰說給誰聽，而是文學說給自己聽。文學在本質上，不是誰說給誰聽的語言，而是一種自我指涉，這才是文學成為此端與彼端連結的可能所在。

我們可以看到司利馬尼如何絕對的面對文學本身：「一個個『我必須』支配了我全部的生活。我必須閉嘴。我必須專心。我必須坐著。我必須抗拒我的渴望。寫作，是自我束縛；然而，正是在這些束縛之中，誕生了一種無垠的、令人迷眩的自由的可能。」

怎樣的自由？司利馬尼的答案簡單純粹：「寫作，就是發現創造自己、創造世界的自由。」是以，她的作品看似充滿了身分政治的議題。在許多層面上，一位法國女性非洲移民給了她政治正確的位置。但寫作這件事，對她而言不是肯認自己的身分，為誰代言，而是一種追求不輕易被標籤的自由。

成功也好，挫敗也好，能不能持續戰鬥，持續尖銳，才是一個作者能夠一直寫下去的原因。司利馬尼的困頓狀態，證明了她文學裡的堅持，不願止步不前或重複自己，意味著要轉換狀態。因此，在這懸置的狀態中，要等待的，就是一種轉換的召喚。

作家乞援繆思，渴望突破，有兩種選擇。一種是冒險、漫遊，另一種則是囚禁、隱居。看似全然相反，實則一體兩面，為了自由，得先限制；為了目的，得先迷途；為了聯繫，得先孤獨。這牽涉的是寫作的本質，為了話語，必先沉默。

《夜裡的花香》篇幅不長，卻是一段完整的「通過儀式」，或是大家較為熟知的「英雄旅程」。經過啟程（隔離）——啟蒙（過渡）——回歸（整合）三個階段，帶有一種更新的力量，回到現實的生活中解決難題。司利馬尼的難題，不止是作品本身，而是限制作品的現實條件。而限制作品的現實條件，其實正是她努力以作品在搏鬥的。作為一個女性、母親，她離不開，也走不遠。於是，在威尼斯的海關大樓博物館睡一晚，成了實際可行的想像。

這個計畫是理想的中介：這是場旅行，卻是關在一個建築裡；是渡過一段時間，卻是在夜晚；是個確切的目的，任務卻是無所事事。

作為女性，她無法像塞利納（Céline）那樣，在黑夜的盡頭旅行。如今，她有一夜的時間，可以盡情漫遊。

如果這本書的前半部，是種作者的自我指涉。那麼進入博物館以後，夜晚與異鄉取消了邊界，這份自我指涉終於得到自由的形式。司利馬尼拿著手冊，在無人的夜間博物館的觀看，不再是物我的對立，那種博物館菁英式的規定路線，她可以任意連結自己的經驗。因為孤絕，意義不再是規範，而是以個人的感知與經驗，加上想像。意義，本來就是源自於生命經驗與感知的創造。

她在黎巴嫩詩人伊黛爾．阿德楠身上，看見與她自己一樣活在「他人之地」的靈魂；在現代裝置藝術面前，坦然面對內心對於那種藝術家小圈圈的無感；在菲利克斯．岡薩雷斯—托雷斯的作品中，體會自己本身對於身體苦痛的焦慮與恐懼其實勝過死亡本身；或是在羅尼．霍恩引用的艾蜜莉．狄金生裡，重新確認她本身面臨的挫敗的價值：「書寫就是這樣的體驗：我們持續失敗，挫折無法克服，不可能性橫亙於前。可是，我們再接再厲。我們書寫。」

然後，走到博物館中心，玻璃溫室的夜來香中，她如同普魯斯特的漫長追尋所抵達的，她找回自己的名字：「蕾拉（Leïla）」。在阿拉伯語中即是夜晚。因此，無法擁抱夜晚，代表著無法認識自己。夜晚既誘惑又危險，青春期在摩洛哥的夜遊感受，在此被重新尋回。在此，下一本的主題在呼喚她：「這個世界已經消逝無蹤。我也不想讓它失了顏色。它也許會成為一部小說，因為唯有文學能讓這些被吞沒了的生命重新顯現。」

於是，下半夜的漫遊，她的思緒更加靈敏。回憶湧現，她終於與逝去的父親對話，那是她寫作的阻礙，卻也是她的起點。她明白小說的本質不在見證，而是能以虛構去填補空缺：「我們挖掘，同時創造了另一個現實。我們不胡謅亂道，我們想像，我們為一個幻景賦予血肉，我們用記憶的片段、永恆的執迷，一塊一塊建構出這個景象。」

蕾拉．司利馬尼在異鄉的這一夜裡，重新肯認自己的外鄉性，且清楚連結起魯西迪：作為少數族裔，我們不一定要以自己同胞為名寫作，而是永遠當一個混種。

夜裡的芬芳，是從自己身上發出的。她回歸，並且驅除了幻象。她確實曾經以為寫作可以彌補羞辱自己的一切，創造與肯定自己。經過了這晚，她重新確認了，**寫作**，「**就是讓自己永遠活在邊緣**」。如同開頭，寫小說的第一守則，就是說不。

這是蕾拉．司利馬尼的文學話語獨特之處，且能繼續下去的理由。

巴黎，

二〇一八年十二月

如果想寫小說，守則一就是說不。不，我不會來喝一杯。不，我無法照看我生病的姪兒。不，我沒空吃個午餐，受個訪，散個步，看個電影。必須說不的次數多到邀約漸漸少了，電話不再響起，於是開始遺憾：怎麼電子信箱只剩廣告信了。必須說不，裝出厭惡人類、目空一切、病態孤獨的模樣。必須在自己周遭豎立一道拒絕的牆，所有的請求撞上了就粉碎。我剛開始寫小說的時候，我的編輯就是這麼跟我說的。這也是我在所有談論文學的隨筆裡讀到的，從菲利普·羅斯到羅伯特·路易斯·史蒂文森都這麼談，中間還有海明威——海明威簡單通俗地總結了這一點：「作家最大的敵人是電話與訪客。」他還說，反正，一旦紀律建立了，一旦文學成了中央，成了核心，成了生活唯一的前景，孤獨就成為必然。「朋友們死亡或消失，也許他們厭倦了我們的拒絕。」

幾個月來，我都強迫自己這樣做。我逼自己為自己的與世隔絕打造好條件。每天早上，小孩去了學校，我就上樓到我的書房，傍晚以前不出來。我把電話切掉，坐在我的桌子前或躺在沙發上。最後我總是覺得冷，隨著時間推移，我套上一件毛衣，然後是第二件，最終把自己裹在毯子裡。

我的書房寬三公尺，長四公尺。右邊的牆上，有扇窗面對中庭，餐廳的味道從中庭飄上來。洗衣服的味道，還有肥豬肉丁燉小扁豆的味道。中間呢，一塊長木板就是我的工作桌。書架塞滿了歷史書籍與剪報。左邊的牆上，我貼了顏色各異的便利貼。每種顏色對應一個年分。粉紅色是一九五三年，黃色是一九五四年，綠色是一九五五年。我在這些小紙條上寫了某個人物的名字，某個場景的想法。瑪蒂爾德在電影院。阿依莎在榅桲果園裡。有一天，我有了靈感，於是為這部我努力從事而還沒有標題的小說建立了時間表。這部小說講述一九四五年至摩洛哥王國獨立期間，梅克內斯這座小城的一個家庭故事。一幅梅克內斯的地圖，一九五二年的，在地上攤了開來。從這張地圖，我們可以清楚看見阿拉伯、猶太、歐洲三個城區之間的界線。

今天不是個好日子。我坐上這張椅子好幾個小時了，我的人物卻不對我說話。什麼都沒來到。隻字片語沒有來，圖像沒有來，能讓我開始落筆造句的音樂起頭也沒有來。這個早上到現在，我菸已經抽了太多，我把時間浪費在一個個網站上，又睡了一個午覺，還是什麼都沒有。我寫了一個章節，又通通刪掉。我想起了朋友告訴我的一個故事。我不曉得這個故事是不是真的，不過我很喜歡。故事是這樣的：據說托爾斯泰撰寫《安娜・卡列尼娜》（*Anna Karénine*）的時候，曾嚴重感到靈感匱乏。連續好幾個星期，他一行字都沒寫。他的出版商已預付給他在那個時代相當可觀的一筆錢；稿子遲遲不來，托爾斯泰大師毫無動靜，也不回信。憂心忡忡的出版商決定搭火車去當面問他，來到了亞斯納亞波利亞納[1]。這位小說大家接待了他，當出版商問起小說進度到哪了，托爾斯泰回答：「安娜・卡列尼娜離開了。我等她回來。」

我絕對不是企圖自比這位俄羅斯天才，也完全沒有要把我的任何小說與他的傑作相提並論。然而，纏擾我心的，正是這一句話：「安娜・卡列尼娜離開了。」我也是這樣啊，有時候，我覺得我的人物一個個逃離我，動身開展另一種生活了，只有當他們決定了要回來，他

1 Iasnaïa Poliana，托爾斯泰長居之地。（本書皆為譯注。）

們才會回來。對我的苦惱、我的祈禱，甚至對我投注於他們的愛，他們都完全無動於衷。他們離開了，我必須等他們回來。他們在的時候，時光流逝，而我渾然不覺。我嘴裡呢喃，下筆飛快，盡可能地快，因為我總是害怕我的手跟不上我的思路。這個時候，一想到可能有個什麼東西來打壞我的專注，讓我淪為一個犯了向下看這個錯誤的走鋼索的人，我就驚懼不已。當我的人物在這裡，我整個生活都圍著這執著旋轉，外在世界並不存在。外在世界就只是個布景罷了，一天漫長而甜美的工作後，我狂亂怔忡，行走其中。我遺世而獨居。離群索居對我來說似乎是唯一真實的生活乍然臨到的必要條件。彷彿讓自己已遠離世界的噪音、保護自己不受這些噪音干擾，就能讓另一種可能性終於浮現。讓一個「好久好久以前」浮現出來。在這封閉的空間中，我逃脫至此，逃離了人間喜劇，深深沉浸事物厚厚的泡沫下。我並沒有拒絕世界，相反地，我從來沒有這麼強烈體驗世界過。

寫作是紀律。是對幸福、對日常歡樂的放棄。我們不能試圖療癒或撫慰自己。相反地，我們應該像實驗室人員在玻璃瓶裡培養細菌那樣培養自己的悲傷。必須撕開傷疤，翻動記憶，重新煽起羞恥與舊日的眼淚。為了寫作，必須拒絕別人，拒絕出現在別人面前，拒絕給予別人溫情，必須讓朋友、孩子失望。對我來說，這種紀律既是滿足、甚至幸福的原因，也是我憂鬱的緣由。一個個「我必須」支配了我全部的生活。我必須閉嘴。我必須專心。我必須坐著。我必須抗拒我的渴望。寫作，是自我束縛；然而，正是在這些束縛之中，誕生了一種無垠的、令人迷眩的自由的可能。我記得我是哪時候意識到這一點的。那是二〇一三年十二月，我正寫著我的第一部小說：《食人魔的花園》（*Dans le jardin de l'ogre*）。我當時住在侯煦夏大道。我的兒子還小，我必須趁他去托兒所的時候寫作。我坐在餐桌前，面對我的電腦，想著：「現在，妳完完全全可以說妳所有想說的話了。妳啊，妳這個有禮貌的孩子，妳曾學著表現良好，學著克制自己，妳現在可以說真話了。妳不必討好任何人。妳不用害怕會讓哪個人難過。把所有妳想寫的都寫下來吧。」在這遼闊無邊的自由裡，社會面具脫落了。我們可以成為另一個個體，不再被某種性別、某個社會階級、某種宗教或某個國籍所定義。寫作，就是發現創造自己、創造世界的自由。

當然，像今天一樣不愉快的日子所在多有，有時候甚至接踵而至，帶來了深深的氣餒。不過呢，作家有點像鴉片成癮者、像任何受癮頭所害的人，作家忘記了副作用，忘記了反胃感，忘記了戒斷之苦，忘記了孤獨，只記得那心醉神迷的狂喜。作家不惜一切代價，就為了再次經歷這個高潮，這個人物開始透過作家說話，生命悸動閃爍的崇高時刻。

傍晚五點了，夜幕已然垂落。我沒有點亮小燈，書房沉入了黑暗中。我開始相信，在這片陰暗裡，會有個什麼翩然而至，也許是最後一刻姍姍來遲的熱情，也許是閃電般猝然臨到的靈感。有時候，黑暗能讓幻覺與夢境像藤蔓一般開展。我掀開我的電腦，重讀昨天寫的一個場景。我的人物在電影院度過了一個下午。一九五三年，梅克內斯的帝國電影院放映著什麼電影？我於是投入研究，在網路上找到了一些動人心弦的檔案照片，趕緊將它們寄給我母親。我開始書寫。我記得我的祖母是怎麼跟我談論摩洛哥電影院的女帶位員的，她們高大粗魯，硬是從觀眾嘴裡扯掉菸。我準備好要開始新的一章，電話的鬧鈴卻響了。我半小時後有一個約。這個約啊，我之前不曉得如何說不。阿琳娜（Alina）這位等著我的編輯是一位擅長說服的女人。這位熱情的女人有個邀約要提給我。我在想要不要寄一封懦弱又撒謊的訊息給她。我大可拿我的小孩當藉口，大可說我病了，說我沒趕上火車，說我母親讓我抽不開身。但我披上大衣，把電腦塞進提包，離開了我的洞窟。◆

在前去找她的地鐵裡，我咒罵自己。「妳只要不懂得全心投入於妳的工作，就注定會一事無成。」咖啡館外，我一邊抽根菸等她抵達，一邊發誓待會要說不。我發誓，待會不管她提出什麼邀約，那個提案有多值得，我都會說不。我發誓我會說：「我在寫一本小說，這個以外的事情啊，我什麼都不想做。之後吧，但不會是現在。」我必須表現得毫不妥協，擺出讓她一籌莫展的堅定。

儘管十二月天寒地凍，我們還是落座露天雅座。在巴黎，似乎沒人覺得這些人深冬時分落腳戶外喝上一杯，用凍僵的手指夾根菸是件奇怪的事。我點了一杯葡萄酒，認為我的憂鬱能消融酒中。我可笑的憂鬱。要怎樣才能為了沒有寫作而悲傷啊？阿琳娜跟我說了她的計畫，一套名為「我的博物館之夜」的新書系。我勉勉強強聽著，我實在太被懷疑與內疚所折磨了。酒杯見底時，我開始思量，我可能永遠不寫作了，我再也無法完成一部小說了。我恐慌到連吞嚥都有困難。這個時候，阿琳娜問我：「妳願意，被關在博物館裡一個晚上嗎？」

說服我的，並不是博物館。當然，阿琳娜向我提出了一個極度撩人心弦的邀約：在已改造為當代藝術館的威尼斯傳奇地標——海關大樓博物館裡睡上一晚。其實，我對能在藝術作品旁邊睡覺無動於衷。我可沒有懷抱這些藝術作品盡為我一個人所有的幻夢。我覺得，沒有了人群為伴，我也未必能欣賞它們欣賞得更好，也並不會因為我與藝術作品倆倆單獨相對，我就能更透徹掌握它們的意義。針對當代藝術，我完全沒想過我可以寫出什麼值得一讀的文字。我對當代藝術沒有什麼了解，也不太感興趣。不是的，阿琳娜的邀約打動我、推搡著我接受的，是「被關起來」的想法。沒有人能聯繫到我，外面的世界對我來說無可觸及。孤獨一人待在我無法出去、也沒人可以進來的某個地方。這大概是個小說家的綺想吧。我們全都作著隱修院、作著自己房間的夢，我們在裡頭是俘虜，也是獄卒。所有我讀過的作家日記與書信都流露這種對靜默的渴望，這種關於有利創作的孤絕的夢想。文學史充斥著非凡的隱士、不善交際的孤獨者。從賀德林到艾蜜莉・白朗特，從佩脫拉克到福樓拜，從卡夫卡到里爾克，遺世獨立、遠離人群、決心獻身文學的作家神話就這樣構築成形。

我有個朋友是非常受歡迎的作家。他向我坦誠道，有一天，他精疲力竭，結果摔斷了腿，然而他那一天卻是前所未有地幸福。「整整一個半月，我都關在我的公寓裡，寫作。既然我有這樣一個絕妙的藉口：我從腳到腹股溝全都打了石膏，那可就沒有人能怨懟我了。」我常常在想要不要拿把錘子砸斷我的脛骨。寫作是一場為靜止不動而戰、為專心致志而戰的奮鬥，在這場肉搏戰，必須不斷壓制生活的欲望與幸福的欲望。

我盼望從世界抽身而出。進入我的小說一如人們進入修道會。發誓靜默，發誓謙卑，發誓澈底臣服於我的工作。我盼望全心奉獻文字，忘卻日常生活的一切，只須操心我筆下人物的命運。我寫前幾部小說的時候，都實行了這種退隱，隱居到鄉下某間房子或陌生城市的旅館裡。一連三四天，我自囚其中，終於失去了時間感。為了完成《溫柔之歌》（*Chanson douce*），我在諾曼地離群索居。那一個星期，我一個人都不見。我沒聽見自己嘴裡吐出的聲音。我不洗澡，不整理頭髮，我在安靜的房子裡穿著睡衣晃來晃去，在隨意的時間隨意亂吃些東西。我不再接電話，任憑來信與帳單愈積愈多，逃離了我所有的義務。我在半夜醒來，就為了將夢中忽然閃現的想法寫成文字。我的房間亂得非常恐怖。床上散落著書本、紙張、不新鮮了的奶油麵包碎塊。這個奶油麵包大概能夠解釋為什麼某個夜裡，我猛然驚醒。在我身邊的是我掀開的電腦，我點亮燈時，發現我的手臂、我的書本、我的床單蓋滿了螞蟻，牠們繞著圈子疾奔，跳著噩夢的舞蹈。在我的生命中，我很少這麼幸福。

◆

這個晚上，我回家的時候，已經在後悔自己的決定。搞得好像被關起來一晚就能解決我創作的瓶頸。我翻翻書櫃，找找看有沒有關於威尼斯舊海關大樓或威尼斯本身的資料。我有幾份旅遊指南，除了告訴我便宜餐館有哪些、威尼斯水上巴士又是怎麼運作的以外，沒什麼值得一觀的。

我從一排書裡抽出一本保羅・莫杭的《千面威尼斯》（*Venises*），隨意翻開一頁，撞見這段話：「我要逃。我不知要逃離什麼，但我感到我生命的方向將朝向外面，朝向他方，朝向光芒。〔……〕與此同時，我感到某座鐘的鐘擺開始擺動，從此離不開我，一種降生前大概業已有之的對狹窄的嗜好，生活在狹小房間的幸福，如此的幸福為對沙漠、大海、乾草原的迷醉所阻撓。我痛恨圍籬與門；界線與牆令我不快。」我也如此，這正是一直以來我所經歷的。

我擺盪在外頭的誘惑與裡頭的安全之間，擺盪在認識外界、被外界認識的欲望與澈底退進自身內在生活的渴望之間。一邊，是企盼在我自己的房間待著休息；另一邊，是一直存在的渴望，渴望著找樂子，渴望著與其他人打交道，渴望著忘卻自己——如此的擺盪撕扯，苦苦折磨著我整個生命。我希冀規訓自己、保持平靜，也渴求脫離自己的情況、自己的出身，以行動征服我的自由。我活在恆久的不適之中：害怕他人、又受他們吸引，刻苦素樸與塵世風流，暗影與光明，謙遜與野心。

偶爾，我會想，如果我不和任何人說話，如果我以心祕藏我所有的想法，我的這些想法就不會像我把它們分享給別人時所發現的那樣，墜入平庸的境地了。對話是作家的敵人。作家必須噤口不言，遁入固執而深邃的沉默。如果我逼自己保持絕對沉默，我就能像人家在溫室裡栽培花朵那樣，栽培一個個隱喻與迸發的詩意。如果我成為隱士，我將看見塵俗社交生活遮了我的眼、讓我看不見的種種事物，也將聽見日常生活與他者的噪音最終總是蓋過了的種種聲響。我覺得，當我們生活在世界之中，我們的祕密就會暴露出來，我們的內在珍寶會衰退遲鈍，我們會損害某個本來要是祕而不宣，就可以成為小說素材的東西。外在世界對我們思想的影響，就像空氣影響費里尼拍攝的羅馬壁畫一樣，這些壁畫在吸收光線後逐漸褪隱。彷彿過度的關注、過度的光線，非但無法保護，反而摧殘了我們內在的黑夜。

維吉尼亞．吳爾芙在她的日記寫道：「我裝出生病的樣子，所有人就都還我一個清靜了。再也沒有人叫我做任何事了。我對自己說，這個決定是我做的，不是別人的決定，為此我感到一陣浮淺的滿足。在混亂中保持平靜是一大奢侈。一旦我開始說話、開始用會話將我的思想訴諸於外，我就開始偏頭痛，覺得自己像條溼抹布。」有時候，暴露自己、與其他人打交道，會帶來這種奇怪的羞恥感、墮落感。寫作時，閒聊有時候會侵犯您，與人對話有時會變得難以忍受。這可能是因為，閒聊、對話蘊含了您避之唯恐不及的一切：陳腔濫調，老生常談，現成語句——這些東西啊，人們嘴巴裡講，心卻沒在思考。在這些寫作的時刻，我們力圖捕捉曖昧、模糊、灰色地帶之物，此時，俗語和約定俗成的表達方式很可能是極端暴力的。

我父親身陷一樁政治、金融醜聞風暴的時候，我尤其為上述這種說話方式所苦。流行的表達方式鋒利得像一把把小匕首，人們拿來深深捅入生命的傷口。大家都說：「沒有火，又怎麼會有煙？[2]」可

2 意近「無風不起浪」。

是，有些火燒了很久很久，卻一絲煙都沒有洩出火爐。有些火祕密燃燒盛放。然後，有些煙是這樣的，又黑又黏稠，玷汙一切，窒息一顆顆心，讓朋友與幸福全都遠離。我們年復一年尋找著這樣的煙來自哪些火，有時永遠找不到。

我們不說的東西永遠屬於我們。寫作，就是要弄沉默，就是以迂迴的方式吐露現實生活裡難以啟齒的祕密。文學是一門保留的藝術。我們隱忍不發，就像愛情最初的時刻裡，一些平庸的句子、熾熱的宣言閃現我們心中，而我們努力忍住不說，就怕破壞了此刻的美好。文學是由撩人的沉默組成的。重要的，是我們所不說的。其實，促使我企盼孤獨、渴求平靜的，或許不只有我作家的職業，更還有我們的時代。我思忖著，面對這樣子一個執迷於張揚自我、表演自我的社會，史蒂芬・茨威格會怎麼想。他會怎麼思考這個採取任何立場都會讓您面臨暴力與仇恨，而藝術家有義務與輿論站在同一邊的時代？他會怎麼思考這個人們在衝動中寫下一百四十個字元的時代？在《昨日世界》（*Le Monde d'hier*）一書中，茨威格傾慕備至地描繪了詩人里爾克。他思索著，未來將會為像里爾克這樣把文學當作存在使命的作家留下怎麼樣的一席之地。他寫道：「我們的時代不正是這樣一個時代？在這個時代，連最純粹的人、最孤絕的人，都無法獲得靜默，這等待之靜默，成熟之靜默，沉思之靜默，冥想之靜默。」

◆

威尼斯，
二〇一九年四月

如果針對當代藝術，我沒什麼好談的，我對威尼斯又能說些什麼？對一個作家來講，沒有什麼比看起來早已為人道盡的主題還更可怕了。（「首先要避開太常見、太慣例的文類；這些文類最難寫，因為我們需要強大的、經過蘊釀熟成的力量，才能在優良的、有時甚至輝煌無比的各路傳統濟濟一堂的地方，奉獻出自己的東西。」里爾克如此忠告他的年輕詩人。）我不能只是謳歌這座城市之美，刻畫我的情感，使用「最尊貴的共和國」（la Sérénissime）或「總督之城」（la cité des Doges）這種套語。我不可能去談威尼斯的死水，談憂鬱，談哥爾多尼愛說笑的性情，談每個路口街角迎面而來的美。我大可引用托瑪斯・曼、菲利普・索萊爾思、龐德與沙特。但這麼做不會讓我有什麼進展。我大可慷慨陳詞討伐大批的觀光客，對在潟湖裡一次傾倒幾百個遊客的遊輪興師問罪。我大可嘲笑觀光客的醜陋，觀光客的粗俗，觀光客成群結隊的心態。展現出如此模樣的觀光客總是引人排斥。花花公子（dandy）高高標舉自己的與眾不同，培養了一套邊緣美學；觀光客與花花公子相反，是粗俗的存在。觀光客這種怪咖痛恨自己給人的形象，他不惜一切代價想要的，就是經過身邊的人別把他跟其他觀光客混為一談。他希望別人能將他看成他並不是的人：換言之，他希望別人把他當成本地土生土長的人，熟門熟路的人，在地人。他想要掩蓋他的驚奇，不想讓別人猜到他迷路了，或發現他是扒手或其他騙子手到擒來的肥羊。觀光客這角色真是動人。當他試圖把手上拿著的那份對他掛保證要帶他探索「祕境威尼斯」、「私房景點」的旅遊指南藏起來，那就更楚楚可憐了。梵樂希・拉伯在《看遍諸多國家只是一場徒勞》（*Le Vain Travail de voir divers pays*）一書中溫柔嘲笑了觀光客，他們停留在事物的表面，自始至終外於他們行經之國的現實。「昨天，兩位想吃冰淇淋的英國老太太就只知道要吃冰淇淋，我認為我必須幫助她們。我用英文對她們說：『他們把這個叫做gelato。』她們用英文回我：『噢，jaylar-tow！非常謝謝你。』」然後她們就有了冰淇淋，親愛的老東西們。由於對義大利語的這種無知，她們的旅行對她們來說，想必像電影一樣，膠捲放映著，風景，街道，人群，一種她們無法參與的生活。」

我在午後不久降落在威尼斯。水上計程車送我到了隆德拉宮飯店前，離嘆息橋僅有幾步之遙。時間是晚上七點，再不到兩小時，我就要被關起來了。我穿過這座城市最觀光的街區，在聖馬可廣場上一群群人之間推搡出自己的路。威尼斯看起來像紙糊的拙劣布景，我不禁注意到，櫥窗真醜，一間間非常昂貴的餐館看來淒涼悲傷。在某個廣場，我觀察到一個男人大力比畫，朝一對荷蘭夫妻與他們的小孩們講著話。這一家子荷蘭觀光客拖著好幾個沉重的滾輪行李箱，而男人力圖以糟糕的英語向他們說明這會製造噪音，打擾到在地居民。荷蘭女士終於聽懂了，她將手放到嘴邊，示意她的丈夫提起行李箱。她先生照做了，但也微微撇了撇嘴。他的樣子像是在說：也太敏感了吧，這些威尼斯人。

匈牙利小說家桑多．馬芮在日記裡寫道：「我真正感興趣的，並不是城市與風景。其實，我的興趣始終落在人類身上。對我來說，翡冷翠的精神並不在烏菲茲美術館或波波里花園，而在某幅景象之中，景象裡閃現的是一個英國女人，或毗鄰托納波尼路的狹小巷弄裡的一個托斯卡尼鞋匠。」我與他對此所見略同。

我又想起了幾年前的京都之行。在祇園，觀光客騷擾藝妓，追著她們拍照。自那以後，我印象中，京都當局已經禁止在左近地段拍照。在西班牙巴塞隆納，反觀光的民間組織幾天前展開了暴力行動。在所有的國際觀光重鎮，居民群起挺身對抗他們生活環境的商品化，反對為了經濟利益犧牲他們的安寧。在威尼斯尤其如此，派翠克・德維爾所說的「世界的非現實化，對歷史和地理的拒絕」，全球就屬威尼斯受害最深。如今，觀光客就只是又一個消費者，觀光客念念不忘的是「搞定」威尼斯，然後在快樂賦歸時，把他用桿子拍的一堆自拍照帶回家，威尼斯只不過是他自拍的背景罷了。我們注定要活在名為「相同」的帝國裡，要在各大洲一間間一模一樣的餐廳吃飯、一間間一模一樣的商鋪逛街。三十年間，威尼斯的人口剩下一半。這裡的公寓被拿去租給來來去去的旅客。而每年有兩千八百萬名旅客造訪威尼斯。威尼斯人呢，他們像保留區裡的印第安人，是最後一批見證者，眼睜睜目睹著一個世界逐漸死亡。

我走在人群中。我明白，只要身在此地，讓自己沉浸在當下就足夠了。我感到幸福，出奇安詳。在這來自世界各地的許許多多人裡，我不再存在。我覺得自己消失了，融入了人群，這是一種滋味十足的感受。在《現代生活的畫家》（*Le Peintre de la vie moderne*）這部文集中，波特萊爾透過孔士祖當．紀思這個人物，「一位酷嗜行旅、擁抱世界的畫家」，描繪了這種感覺。「人群就是他的領地，一如天空是鳥的領地，水是魚的領地。他的熱情與專業所在，就是與人群和鳴。對一位完美的漫遊者、一位熱情的觀察者來說，擇人潮而居，擇變化無常而居，擇流動不定而居，擇稍縱即逝與無限而居，乃是無邊樂事。離家在外，卻又處處皆能為家；觀看世界，居世界之中心，又始終不為世界所見。」

在一次印度之行中，我已經體驗過這種對當下的敏銳關注，這種身在此地（être-là）的感受。我記得，陪伴我的幾位導遊不斷問我有什麼印象。他們想知道，對於我眼前展開的風光，我的感受是什麼，有什麼理解。對當地人我作何感想，我有沒有被與我日常生活如此不同的奇觀嚇到，或反而被迷惑。但我什麼也沒說。我沒有辦法像他們期待的那樣，出言置評貧窮或街道的骯髒。我的幾位導遊或許把我的沉默當成愚蠢或冷漠了吧。在某些地方，某些滿溢了話語、充塞著意義的地方，某些您覺得自己好像受人叮囑要有這種或那種情緒的地方，沉默是最好的抵禦。我就是在這種心緒裡穿過威尼斯的。陽光低低斜照，飽蘊橙色調，閃耀了一間間宮殿的牆面。我在沉默中走遍威尼斯，使威尼斯成為一種純粹的內在體驗。為了欣賞威尼斯的輝煌，我並不試著表述，或用我的相機捕捉。

我入座一間餐廳的露天雅座，點了沙丁魚、南瓜義大利麵、米蘭炸肉排、歐芹香蒜小蛤蜊，喝的則是一杯紅酒。我想要與服務我的女人交談，她憂傷的大眼睛烙著紫色的黑眼圈。我想跟她說，我準備好要被關起來了，這次我一點都不怕。我啊，我怕的是外面的世界。我怕的是其他人，他們的暴力，他們的躁動。我從來不怕孤獨。再說，在一間荒寂無人的美術館裡，我又有什麼好怕的？怕一個心理變態的警衛？怕幽靈？如果幽靈們同意在我眼前現身，那真是我天上掉下來的禮物呢。對一個小說家來講，與鬼神魂靈對話，那是何等的幻夢啊。萬一亡魂們來到我耳邊喁喁私語，我又該有多幸運呢。在這露天雅座中，我漸漸覺得冷了。我開始想像，今晚，我那些死去的人將與我重逢。

我走在狹窄、陰暗的一道道巷弄裡，頭頂是一片繁星滿布的天空。威尼斯的夜晚是昏暗不明的；在這個一切都被照亮、一切都透明，安全考量凌駕了陰暗巷弄的魅力的時代裡，威尼斯是個異數。如今，各大城市都失去了夜晚的天空。一間餐廳的露天雅座上，幾對伴侶享受著這個四月天的甜美夜晚。舊海關大樓已在不遠處。耳中唯一傳來的，是我自己的鞋子踩在石磚路上的響動，還有微微的浪拍打泊船的聲音。我是一名進入修道院的年輕女孩。

我按了博物館的門鈴，等了好久好久，思量著他們大概遺忘了我，或我已經遲到了。我正準備掉頭折返，一個男人開了門。「我是蕾拉。我就是要睡在這裡的那位作家。」

他笑了出來，看來似乎覺得這有點荒謬。他示意我進去。沉重的門在我背後重新關了起來。

警衛帶我快速參觀了博物館。他不說法語，我不說義大利語，但我們彼此理解。右邊，他向我指出是洗手間；左邊則是餐飲部與禮品部，這裡販售著以威尼斯及當代藝術為主題的許多書冊。他遞給我一本小冊子，冊上有博物館的平面圖。

從高空俯瞰，舊海關大樓就像一艘破冰船。十七世紀的時候，朱塞佩·貝諾尼為它設計了尖尖的船頭與一座座龐大的倉庫。整座建築看起來像是就要滑入水中，乘風破浪，成為一艘船，一艘大航海時代的卡拉維爾帆船，由渴求冒險的一班船員操縱在手。在建築物內部，舊與新交織纏融。主持其重整計畫的日本建築師安藤忠雄選擇保留建築物原始的素材。高聳的牆是赭色的，由威尼斯街頭的典型石料——粗面岩建成，其上長滿了硝石。修補磚石使用了「縫合／拆開」（*scuci-cuci*）的技術，以回收的磚替換損壞的磚。如此一來，這些牆就以毫無區分、渾融一處的方式，雜糅了過去與現在，古老與現代，疤痕與青春。原本的屋頂也修復起來了，鑿了天窗，讓自然光照入博物館中。在我的頭頂上，我瞥見了氣勢恢宏的木造骨架。

整體建築總面積為五千平方公尺，給人素樸、空曠的印象。在這個邊長為一百〇五公尺的等腰三角形內部，空間劃分為九個寬十公尺的大殿。最為壯觀的空間位於中央：一個龐大的正方形廳室，牆面由混凝土所打造，那是安藤忠雄這位日本建築師的心愛素材。我輕而易舉就能想像，昔往的時代，這座建築物還是海關，送往迎來著從海上抵達的貨物。我聽見卸貨的聲音，人們努力秤重、查驗、包裝的吼喊。我看見一艘艘船，一艘艘龐然無匹的卡拉維爾帆船泊靠於此，船肚子裡滿滿都是香料、名貴的織物、洋溢異國風情的食品。而如今，這座建築物是活的，為大自然所侵蝕，磚頭上覆滿了鹽。這裡、那裡，牆上幾個地方，白花紛紛綻放。彷彿我置身於一個活的生命體。彷彿鯨魚把我吞到了肚子裡。

警衛驚醒了我的白日夢。他看起來急著想回到他舒服的辦公室裡。他示意我跟著他走上巨大壯觀的水泥階梯。玻璃扶手的盡頭是類似迴廊的空間，我們登上了二樓。二樓的空間劃分為幾個比較小的廳室，大部分的廳室都有一扇窗，憑窗可以瞥見運河靜止的水。館方把我的床擺在一間展覽著美國攝影師蓓倫尼絲・阿博特攝影作品的展間裡。是一張小小的行軍床，橘色的，令人聯想起牆的顏色。

警衛對我投來一個愉快的眼神。「都還可以吧？」

我點點頭，重複說著：「可以，*grazie*，*grazie*，非常感謝。」

「*Buona notte*[1]。」他說完就消失了。

◆

1 Grazie 是義大利語的「謝謝」；Buona notte 是義大利語的「晚安」。

我之前吃太多、喝太多了，那時我的行徑根本荒謬。我把自己塞得滿滿的，彷彿害怕錯過什麼。彷彿我一去就會去很久。現在我想吐。酒讓我昏昏欲睡。真不該點那道米蘭炸肉排。我躺上又窄又不舒服的床。所以，我就要在這上面「睡過夜」，就像人家說「寶寶睡過夜」那樣？我啊，之前還怕自己睡不著覺呢，現在我整個人昏昏沉沉。我真的好想抽根菸，便從我那包菸裡抽出一根，又從口袋掏出打火機，有那麼個幾分鐘，我只想著抽菸、抽菸、抽菸。如今，全世界的旅館房間都不可能抽菸了。窗戶再也打不開了。在亞洲，在美國，我睡在三十樓的客房[2]裡，窗戶上有細細的條紋，讓人不會因為看著

2 原文為 des chambres au trentième étage，換算為臺灣樓層或應直譯為「三十一樓的客房」，惟此處作者僅僅意在強調樓層之高，而非實指每次住都住三十一樓，茲仍譯為「三十樓的客房」。

一望無際的雙線道與摩天大樓叢林而頭暈目眩。從這些窗戶向外望，能享有煤灰般墨黑的地平線那令人屏息的景觀，但想呼吸外面的空氣是不可能的。我旅行時，偶爾會試著耍耍計謀逃出密閉窗戶的網羅。我打開浴室氣窗，站在馬桶上或跪在窗臺上。把手臂伸到外面，再把嘴唇湊過去——原本該是一樁樂事，當然充滿罪惡感，但仍然是一樁樂事，最後卻淪為一場猴戲，我覺得自己可笑透頂。有一次，在札格雷布，我在窗口抽菸的時候，一個女人開始觀察我。她身在一樓的公寓裡，把她的丈夫叫來，然後用手指指著我。他們那些孩子也加入行列，一家子全都盯著我瞧，我根本一頭霧水。我住在這間房的三天，每次只要我去抽根菸，這奇異的一家人就會出現，疑心重重觀察我。我想過把這個寫成短篇小說。我應該有把這個點子記在哪個地方，然後有一天，當我翻開某本筆記，我大概會苦苦尋思眼前這些字是什麼意思：「窗邊的菸，怪異家庭，靈感奇幻的短篇小說」。

當然啦，在博物館裡，這根本連想都不用想。這邊啊，窗戶都不能打開，到處是煙霧偵測器，更還有一堆監視攝影機。警衛很可能就正在中控室裡盯著監視器的畫面觀察我。他看我披著我的外套，坐在我的行軍床上，應該覺得我很可笑吧。我很想去找他，問問他，他的博物館警衛人生，或更簡單來說，他的人生，究竟是什麼模樣。其實，比起我怎麼看這些藝術作品，我對他怎麼看他負責看守的這些作品還遠遠來得更有興趣呢。

我這次又掉進了什麼圈套？為什麼我明明內心深信寫作必須呼應某種必需、某種私密的執著、某種內在的緊迫，卻還是答應來寫這個東西？順帶一提，每次記者問我為什麼選擇了這樣那樣的小說主題，我老是回答不出來。我都胡謅一個答案，撒一個可信的謊。要是我跟他們說，是主題選擇我們，而不是我們選擇主題，他們大概會覺得我狗眼看人低，或以為我瘋了吧。實情是，小說不由分說降臨到您的頭上，揮霍、折磨、吞食您。小說就像在您體內蔓延的腫瘤，支配了您全部的生命，您只有向它完全屈服才能治好它。美是否能從不來自我們的文字裡浮現？

「睡在博物館裡」。我有個朋友取笑了這項計畫。我自覺不是個玻璃心的人，但對於人們對我的工作、我的思考方式、我答應參與的計畫，以及我達成這些計畫的方式所可能有的批評，我是非常敏感的。我這朋友清楚這一點，他問我，弄這個到底有什麼意義，我到底可以寫些什麼，而當我開始囁嚅一些實在有點彆腳的理由時，他看起來相當得意。「這是一種展演。一種存在的體驗。」我彆彆扭扭地說，信口開河隨意胡謅，試著為一個早已沒有了意義的選擇賦予意義。朋友說：「老實講，一個作家沒有比去博物館睡覺還更值得一做的事嗎？作家好好待在外面，講述世界，給那些大家從來聽不見的人一個聲音，這樣才比較有用吧。我老實跟妳說：這什麼博物館之夜的，我覺得一整個很假掰。」

我思考我到底該做些什麼。在一條條廊道上走一走？去看遍每一件作品，試著從中得到什麼，感受到什麼？這種義務癱瘓了、凍住了我，依我現在這種疲勞的狀態，我只想做一件事：躺平，作夢。然而，這裡可不是飯店客房啊，我跟自己說。我重新直起身子，努力撐開眼皮。理智一點。妳可不准才剛到、就睡覺！妳該不會以為妳是來睡覺的吧？妳有事要做，有文字要寫。

◆

我仰慕那些說「我什麼都不怕」的人。我著迷於那些表現出身體與道德勇氣的人，那些不懼怕衝突，不會因為不理性的恐慌而跑到大街上狂奔的人。我呢，是如此膽小，在這個地方，這個神聖的庇護所[3]，我覺得自己受到了保護。我喜歡被關在電影放映廳的黑暗裡。在圖書館裡，在書店內，在為了找地方取暖而去的人多、為了展覽品質而去的人少的在地小博物館中，我並不會害怕。除此之外的時間裡，我會怕。這可能是因為我是被一個憂心忡忡的母親養大的，她的中心德目是：「小心點！」她就是這樣的一位母親，她放眼望去，處處是危險：跌倒，弄痛自己，招來死亡，吸引獵食者。當時，我很討厭她這麼恐慌。我覺得她妨礙了我好好生活。而當我有了小孩，就為了曾經這樣想我媽媽而懺悔不已。我終於理解這種攫住妳、癱瘓妳的恐懼。我有時會夢想把我的小孩全都關進一個玻璃瓶裡，使他們不受任何事物傷害，讓他們所向無敵，一切悲劇與危險都搆不著他們。

在巴黎，我用作書房的房間又小又暗，窄得像個鳥巢。我喜歡關起門、拉上窗簾寫作。我的作家朋友中，很多人——尤其是男作家，順此一提——都跟我說，對他們而言，寫作與跑步或走路密不可分。他們在森林裡、大道上慢跑，或在一天的工作結束後散散步。從蒙田到村上春樹，中間還有盧梭，這可是文學的經典主題，我大概是不懂得像這樣走路的。我完完全全不是輕鬆自在晃蕩漂泊、毫不掛念該抵達什麼目標、也不憂心路上遇見的人的漫遊者，我害怕那些可能跟著我的人。慢跑跑者會嚇到我。當我聽見後面有腳步聲，我往往會回頭。我不會冒險踩進我不認識的街道。我初次在巴黎搭乘大區快鐵

3 Sanctuaire，兼有「聖所」與「庇護所」二義，典故來自中世紀教堂的庇護權。

時，坐我對面的男人拉下了長褲拉鍊，一邊盯著我，一邊手淫。有天深夜，又有一個男人伸腳頂住了我家那棟樓的大門，準備尾隨我進來，而我之所以能得救，完全要歸功於某位跟我同時抵達大門口的男鄰居。有好長一段時間，我都夢想著變得隱形不可見。我構想種種計謀，羨慕著不識這些恐懼滋味的男孩們。我足不出戶、迴避外在世界，與其說是為了寫作，或許不如說是因為我恐懼。常常我會想，要是我不會怕，我的人生會是什麼模樣——要是我頑強無畏，勇敢無懼，熱愛冒險，能夠正面迎擊危險的話。「我們的性別屬於恐懼」，維吉妮・德龐特在《金剛理論》（*King Kong Théorie*）這樣寫道。

在這座博物館中，我不會害怕，但我並不自在，自覺像個蠢蛋。我很明白，我本身就是一種打擾，我沒理由待在這裡，我干擾到了誰或什麼東西的休息。也許，就像童話裡發生的那樣，一旦夜幕降臨，再也沒有人在旁邊觀察，物品就有了生命。於是，作品們伸伸懶腰，開始活動；幽靈們從以祂們為靈感的雕塑中飄了出來；虛構人物們真的存在了。可是我在這裡，我這個令人為難的見證者是礙手礙腳又笨手笨腳的存在，害他們沒辦法舉行盛大的夜間閱兵。我脫掉了鞋子，因為鞋跟敲擊地面的聲響讓我很不舒服。我想要把自己變得小小的。

我光著腳，決定在博物館裡散散步，像隨便哪個遊客一樣走一圈：來到櫃檯，買一張票，然後呢，認真觀察作品，解碼說明文字，試著掌握藝術家所要表達的。我對當代藝術沒什麼了解。與書本不同，藝術很晚才走進我的生命。在我祖母家，牆上掛滿了品味不怎麼樣的拙劣畫作。悲慘得要死的幾張靜物畫，褪色的幾簇花，尤其還有一張浮誇的肖像畫，畫的是我身穿西帕希騎兵軍服的祖父，這幅肖像就掛在壁爐上方。我父母呢，則對摩洛哥當代畫家深感興趣。我記得夏比婭．塔拉勒這位畫家筆下一個個純樸人物，或還有阿貝斯．薩拉諦的作品，他筆下的鳥頭或馬頭怪獸在我童年的噩夢裡縈迴不去。我父親也畫畫，在他生命行將終了之際，他不再工作了，沉入憂鬱的網羅，他畫了幾張非常美的畫。一幅幅黑色的天空，被暴風雨撕裂。一座座石頭的沙漠，被悲傷壓垮。出獄以後，他畫了一個個頭戴著潛水衣的人物。我有一張他的相片，相片裡，他在某個朋友的畫室席地而坐。他的手指沾滿了紅色顏料，臉則朝向鏡頭，看起來很幸福。但我不認為我們曾經一起談論過藝術。

一九八〇年代，摩洛哥首都拉巴特沒有美術館。小時候，我從未參觀過展覽，在當時的我眼中，藝術界專屬於另一個世界的菁英。當時，看待藝術的眼光仍深受西方影響，我父母喜愛的這些摩洛哥畫家，還並沒有他們在兩千年代隨著非洲藝術的風尚興起而獲得的能見度。那些偉大的畫作、知名的雕塑，我只在歷史書上，或是我父母有機會從國外帶回來的博物館小冊子裡，看過它們的翻印。我知道畢卡索、梵谷或波提切利的名字，但我們欣賞他們的畫作時可能有什麼樣的感受，我則懵然不知。當時，小說是我搆得著的親密物品，我在我高中附近一間舊書鋪購買著一本本小說，接著回到我的房間貪婪捧讀；藝術則是一個遙遠的世界，藝術作品隱藏在歐洲各個美術館的高牆後方。我的文化素養以文學及電影為重心，也許這解釋了為什麼我這麼年輕就癡迷於小說。

我落腳巴黎後，頭幾次去美術館，我都深受震撼，帶了點不自在。與戲劇如出一轍：戲劇在摩洛哥同樣也是罕有的體驗，欣賞戲劇也需要一點熟練。在博物館裡，我觀察著別人。當他們在某幅畫前佇足不去，我呢，也就一樣停留很久，因為我猜這幅畫比其他的畫還重要。我是一個好學生，閱讀所有的說明文字，試著記住畫作的標題、這幅畫隸屬的流派又叫什麼名字。我思量著，是不是有一天，我也能夠說出這類的句子：「何其卓越的色彩大師！」或「這透視法真是神乎其技！」我二十五歲的時候，與一位讀過美術學院的朋友結伴去了義大利旅行。他陪我去了烏菲茲美術館，那是我初次造訪這座藝術重鎮。每幅畫前，我都擺出一副沉思的神情，與初領聖體的小女孩一樣乖巧，在這麼多的美、這麼多的才華面前彎下了腰。我朋友就取笑我了。他笑我這種有點蠢的拳拳服膺，笑我這副完全沒有自由、沒有批判精神的模樣。「妳不要一副這麼乖的樣子，妳就去看妳喜歡的，去看感動妳的。」他對我說。從那以後，我有幸造訪諸多博物館，試著將我朋友的忠告付諸實行。我想當個享樂主義的參觀者，就只讓我自己的個人偏好、我自己的情緒來引導我。實情卻是，這種不自在感並沒有完全消散。在我眼中，博物館仍一直是令人喘不過氣的地方，是獻給藝術、美與天才的堡壘，我身在其中，自覺無比渺小。我在博物館裡感受到一種陌生感，一種我試圖隱藏在某種裝出來的無所謂背後的距離感。對我而言，博物館仍舊是西方文明的表露，是一個菁英主義的空間，我一直掌握不住這空間的規矩。

◆

我拿著小手冊，繼續在海關大樓博物館裡散步。此處的展覽題為*Luogo e Segni*，「地點與符號」。這個展覽匯集了三十六位藝術家，他們的作品扣問人與自然的關係，探索藝術家捕捉世界的詩意、讓物的記憶及我們之中的幽靈與死者浮現的能力。與此同時，兩位策展人也想突顯藝術家彼此間的連結，他們如何互動，如何相互啟發，相互慕愛。有個人物隱隱連結了其他全部的人，她是黎巴嫩畫家、詩人伊黛爾·阿德楠，她的作品在好幾個展間都有展出，我們可以聽見美國劇場導演羅伯特·威爾森朗誦她的詩。伊黛爾·阿德楠一九二五年生於黎巴嫩首都貝魯特，負笈哈佛大學，之後定居加州。她最初的幾本書，不管是《阿拉伯啟示錄》（*L'Apocalypse arabe*）還是《瑪麗玫瑰夫人》（*Sitt Marie Rose*），都讓她成為和平主義的要角、反黎巴嫩戰爭與反越戰的重量級人物。我將近十年前讀了某份大報的專訪，從此認識了她這號人物。她言語飽蘊智慧，描述自身造型藝術家與作家的工作時又是那麼深刻，當時深深震撼了我。她承繼了偉大的阿拉伯傳統，把寫作與繪畫視為一對彼此滋養的姊妹。她的畫作，一幅幅色彩鮮活的抽象風景，跟兒時的景象一樣純粹，以其強烈的美迷倒了我。她一邊畫，一邊透過她加州的窗戶，觀察起伏的丘陵。或者，她乞靈於深埋心底的回憶，在希臘與黎巴嫩度過的童年，她試著為亡逝的母親、親愛的人兒們，重新賦予生命。同樣深深烙印我心的，是她怎麼談論身分這回事。她跟我一樣，在阿拉伯國家的法語家庭長大。隨後她遠赴美國，成為移民。終其一生，她都生活在他人之地[4]。對這個

4 《他人之地》（le pays des autres）亦是蕾拉・司利馬尼最新長篇小說的名字——也就是本書開頭，敘事者在小書房裡規畫、苦思、伏案書寫的作品。

既親近熟悉、又極其陌生的阿拉伯語，她說：「我徘徊在這個語言的門口[5]。我明明也在街頭說著它，卻恐怕無法用它寫詩。所以，我把它高舉為神話，或如果您偏愛這種說法的話也可以：高舉為某種失樂園。」

我注意到，我面前的牆上有一排深色的板子。我讀到，這些「黑影照片」（photogramme）是拿感光紙在月光下曝光所製成的。我走近這些板子，久久凝望著，除了暗色的大板子外什麼也沒看到。再往前走，一塊大理石也同樣蘊含了一小塊月亮，這塊石頭曾在二〇一九年八月的一個夜裡在月光下曝光。地上呢，有一顆白色的氣球。一顆簡單的、平平無奇的氣球，跟我為小孩慶生會吹出來，接著又以針尖刺破取樂的那些氣球沒有兩樣。這顆白氣球裡裝的是兩位藝術家的氣息，所以這氣球大概必須理解為愛與流逝時光的一種隱喻吧。但我眼中就只看見一塊石頭與一顆塑膠氣球。在物的浮淺外表下，我什麼都察覺不到，我為此而有點惱恨自己。我大概是笨蛋吧。還是說，是那塊米蘭炸肉排壓得我的胃沉甸甸，讓我沒辦法思考任何事。其中一間展廳的地板覆蓋了某種亮粉。要是我彎下腰，對亮粉吹口氣，會有人發現嗎？我想像我與我兒子一起參觀這展間，他一定會想在這虹彩流斂的粉沙上面烙下自己的鞋印。

我無意假充審判者，判決這些藝術家濫竽充數或騙天騙地騙社會。我並沒有辦法號稱做出什麼有實際意義的判斷。再說，我也不會

5 原文為 Je me suis retrouvée à la porte de cette langue，同時隱含兩種意義：既在咫尺，又不得其門而入。

是第一個這麼做的人。還有什麼能比去攻擊所謂的概念性作品要更老生常談的呢？說來也許有點蠢，不過可能跟我是作家有關：每一本書都是一場戰鬥、一段漫長的時間、一次自我超越，某些藝術作品卻簡單到讓我不知所措。

馬塞爾．杜象說，創造藝術作品的，是觀者。順著他的想法，那就並非是作品本身不好或缺乏趣味了，而是觀者不懂得怎麼觀看。「我所說的觀眾不僅是指當代人，我指的是任何後世的人以及所有藝術作品的觀者，這些觀者在不知不覺中投下了他們的票，決定了某個東西因為擁有藝術家生產出的深度，而應該獲得保留，存續至後世。藝術家很愛自認完全清楚自己在做什麼、為什麼做、又是如何做的，他很喜歡自認對手中作品的內在價值知之甚詳。我完全不相信是如此。我真心相信，畫作是由觀者與藝術家所共同完成的」，伊夫．米修在《氣態的藝術》（*l'Art à l'état gazeux*）引用了杜象的這一段話。這麼說來，重要的就不是物品本身，而是物品帶來的經驗。正是透過凝視的魔力、透過互動，物品才成為藝術品。好吧，隨便啦。但正是因為藝術處處皆可存在，在一個小便斗或一把餡餅鏟裡都可能有藝術，當代藝術家以及繞著他們轉的世界才會這麼努力護衛他們的作品，視之若命。這種封閉性保護他們不會遭到貶低、甚至淪為笑料。作品本身愈不是技術或複雜工夫的產物，我們就愈需要創造出這種「內行人」的圈子來認證它：「是的，這是藝術沒錯。」要是有一天，我也獲准加入這個小圈圈，要是這次輪到我被肯定為內行人，我說不定終於也會說出：「不，這哪是個簡單的氣球，蠢蛋。這是藝術！」

◆

我坐在博物館入口旁的石凳上，觀察著這些龐大冰冷的展廳，悲傷淹沒了我。我覺得自己就像身處某場歡宴之中，卻又沒有廁身其中的理由，大家都不認識我。有那麼一刻，我沮喪到想要衝上階梯，躺上我的行軍床。我會躲在我的睡袋裡，看不見夜晚的光陰流逝，我的恐慌也能消融在睡眠中。

然而我站了起來，穿過了一個展廳，展廳中央掛著紅色塑膠小球串成的長簾子。就像從天花板流淌到地面的血。淚的雨，大出血，西下的夕陽。我從紅珠簾中間闖了過去，又再闖了回來。搖動這些珠子，珠子就發出鈴噹般的聲響。我以前跟我妹去買巧克力太妃糖的那一家雜貨鋪就有一張類似的簾子。我伸出雙臂，用這一條條長長的紅色珠串裹捲自己，珠串輕撫我的臉，與我的頭髮交織在一起。只要我拉著其中一條稍微施力，它就會斷在我的手中。然後，我就會聽見珠子滾到地上，就像一串項鍊斷了，珍珠星散一地。警衛要多久的時間才會跑來？在這個大半夜，面對一個被逮到毀損罪現行犯的女作家，他大概會不知所措吧。

《簾》（*Le Rideau*）是菲利克斯・岡薩雷斯－托雷斯的作品，這位藝術家於一九九六年死於愛滋。我稍微後退，透過這片晶瑩閃爍的紅來觀察龐大的展廳。我看見熱燙的液體溢流，疾病闖入我的生命，而我一籌莫展。我一向癡迷於身體，我像背負包袱一樣背負著它。這個身體妨礙著我，讓我脆弱不堪，我感到這個身體暗中密謀與我作對。也許我的血也受到了汙染。我對此渾然不覺，我的身體恐怕卻正在蘊釀著一場災難，而我完全無能為力。我思量著：我的身體會殺了我。然後，我孤獨一人在展廳笑了出來，這座展廳空蕩到我聽見了自己的回音。奇異的是，我第一部小說的女主角阿蝶樂的臉龐在我心中浮現。阿蝶樂喜歡人家虐待她，極盡粗暴地對待她的身體，打她、揍她、踢她，讓她——終於——能感覺到一些什麼。阿蝶樂透過血的簾幕感知世界，沒有人看世界的方式跟她一樣。我很年輕的時候就已領會到了昆德拉說的「肉體生活的單調」。我們器官功能的哀傷，赤裸肉體的醜陋，疾病令我們墜入的無能為力，凡此種種一直、一直縈繞著我，占據著我作品的核心。

我不害怕死亡。死亡無非是一種極致的、澈底的、絕對的孤獨。是衝突與誤會的結束。也是歸返事物的真實，歸返空無。我憂懼的，是身體的抵抗。衰敗。蝕咬血肉的痛苦。又老又病、精神因為與妻子無休無止爭執而飽受折磨的托爾斯泰逃離了他位於亞斯納亞波利亞納的家屋，他所有的作品都在這名聞遐邇的宅邸裡寫就。他踏上了目的地未知的路途，死在阿斯塔波沃小鎮車站的站長室中，遺體裝在一個木匣子裡寄回給他的家人，木匣上寫著簡單的一句話：「內容物：屍體」。

同一間展廳的牆上掛著一桿桿的金屬條，這是羅尼．霍恩的作品，我們可以在上面讀到艾蜜莉．狄金生的詩。人們喚她「遁世女王」，因為她多年來生活在無邊的孤絕中，拒絕與外界來往，也拒絕出版她的作品。

我也曾夢想著被關起來。只生活在這裡，在這幾平方公尺的空間中，置身書本間、文字裡，為我夢想的氣味所繚繞。自己決定自己的節奏。堅持徹底自由。

他們用散文叫我閉嘴
就像我還是小女孩時
他們把我塞進那衣櫃
因為他們喜歡我靜止

他們把我關起來，讓我保持安靜；艾蜜莉·狄金生寫道。他們就是喜歡這樣的我：安靜，祥和，能夠預料。

羅尼·霍恩是菲利克斯·岡薩雷斯—托雷斯的朋友，而這次展覽的目的，也在於展示這些藝術家間的友情。他們結伴參觀著一間間博物館，漫步流連了一個個下午。在「立方體」（cube）這座安藤忠雄構想的宏偉混凝土展廳中，展覽著幾個巨大的玻璃塊，這是羅尼·霍恩的作品，題為井與真（*Well and Truly*）。這些玻璃塊很像巨大無比的薄荷糖，像人類的手揉捏過的冰山。像魔法師凝凍住的激流。現在天色已經黑了。這些玻璃塊的照明只剩下一盞人工光線，籠罩在不真實的氛圍裡。我們彎腰或站直，玻璃塊光滑表面所閃耀的光澤會在淡紫與微藍之間流變。如果我觸摸它們，它們可能會重新變成液體，我的手會插入液體裡，地上會形成一灘水窪，我可以在裡頭泡澡。這些玻璃塊以令人不安的、憂鬱的方式，實現了捕捉無以捕捉之物、成為魔術師的幻想。水，雪，還有風，都無法在掌心多停一會。我們再怎麼想抓住它們，它們仍堅決抵抗我們囚禁它們的意志。這與每一位作家開筆一部小說時所經驗到的十分相似。他寫啊寫的，一個世界逐漸誕生，最重要的部分卻一直搆不著、碰不到，彷彿我們每次一邊寫，也都一邊放棄我們所想寫的。書寫就是這樣的體驗：我們持續失敗，挫折無法克服，不可能性橫亙於前。可是，我們再接再厲。我們書寫。「明明已先知道最終會被擊敗，而仍然保持勇敢，挺身戰鬥：這就是文學」，智利作家羅貝托・博拉紐如是說。大家常常問我，文學能幹什麼。這就像問一名醫生，醫學能幹什麼。我們愈是前進，愈是意識到我們有多無能為力。這種無能為力縈繞著我們，折磨、吞噬著我們。我們的書寫是在盲目之中摸索，我們什麼都不了解，也什麼都無法解釋。

◆

博物館中央矗立著一座座高聳的黑碑，內部放著光明。望入這些巨大玻璃溫室染了色的玻璃，我們可以看見又稱為「*mesk el arabi*」的夜來香枝葉。我在這些玻璃溫室之間行走，宛如走在一座囚禁了大自然的玻璃森林中。我很熟悉這種樹木。在摩洛哥，它是一種大家親近熟習的植物，為詩人與所有戀人傳唱。夜來香特別的地方在於能散發著植物界一等一強烈的香氣，而且，與另一種童年的我十分著迷的樹木——曼陀羅一樣，夜來香的花只在夜裡綻放。我想，大自然還真有些奇異的把戲。這些花只在陰影襲來時顯現，彷彿夜來香想要留住自身的美，將之保守為祕密，不讓自身的美在目光中拋頭露面，就好像我呢，我也會夢想著離世界遠遠的。它的香味專屬於夜裡時光。這是不是一種與夜晚的昆蟲對話的方式？是不是因為置身黑暗中，各種香味才最極致地展露了它們的力量、它們的深邃？伊山．貝哈達設計了這個裝置，他顛倒植物的周期。整個白天，玻璃溫室都是不透明的，夜來香置身黑暗之中，而香氣薰染了博物館。但到了夜裡，鈉燈照明重現了陽光普照的夏日環境。一切相反，上下顛倒，藝術家再次搖身一變成為創世神，成為小孩玩大車的那個小孩，成為魔術師。我想到了契訶夫是怎麼談論偉大作家的。偉大作家是讓雪在盛夏出現的人，他們把雪花描述得如此之好，讓您感覺到寒冷襲來，開始發抖。

在拉巴特，我家大門旁有一棵夜來香。夏天，每當夜幕降臨，我們就開著窗戶讓空氣流動，我父親會說：「你們有聞到嗎？夜來香！」一年復一年，父親總是如此讚嘆驚奇。我只要閉上眼睛，就能憶起醉人的甜美花香。眼淚充盈了我的眼皮。我看見了，我的逝者，他們都在。我聞到了，那消失了的、被時間吞沒了的童年國度的氣味。

我的名字叫做夜晚。夜晚，是阿拉伯語裡，我的名字蕾拉（Leïla）的含義。不過，我覺得這恐怕還無法完全解釋為什麼我很早就受夜生活所吸引。白天，每個人都依照別人對自己的期望行事。大家都想維持表面形象，展現出有美德、跟隨主流意見、禮貌面面俱到的模樣。在我童年的眼睛中，白天的時光都被花在浮淺瑣碎、重複不休的活動。白天是無聊與種種義務的領地。接著，夜晚翩然而至。大人打發我們上床睡覺，而我懷疑，就在我們睡覺的時候，其他種種角色粉墨登場。大家用不同的方式表達自我，女人則美麗了起來，她們把頭髮盤髻起來，袒露出光澤而芬芳的肌膚。我覺得女人既柔弱——當她們喝多了、開口笑的時候——又散發一股無堅不摧的力量。女人的如此蛻變讓我驚奇讚嘆。當我到了可以出門的年齡、或甚至更早一點，某種激情就襲捲了我。某種迫切、某種飢渴促迫著我也動身穿行於夜的領地。我不想做個乖乖的小女孩。

夜來香啊，是我謊言的氣味，我少女愛情的氣味，偷偷抽的菸的氣味，禁斷的歡宴的氣味。是自由的氣味。夜來香就在那裡，就在鐵門旁邊，我總是盡可能輕地推開這扇鐵門，前去與朋友會合。我夜裡離家，清晨回家，迎接我的總是同樣的芬芳。暗影裡濃冽沁鼻，黎明破曉時消逝無蹤。少女時代，我初識種種新滋味：酒吧、夜總會、舞廳、海灘小屋的歡宴、我懨懨無力的首都那些陰暗空寂的街道。深夜的某個時刻，乖女孩回家了，輪到另一群女孩登場。當時，妓女吸引著我，令我侷促不安，驚惶迷亂。在穆罕默迪耶附近一間夜總會裡，色瞇瞇的肥胖男人成群坐在舞臺前，臺上，一個個大腿鬆垮的女人跳著舞。男人們把她們拉到自己膝上，為她們倒杯劣質威士忌，親吻她們的脖子。我還記得，丹吉爾某間酒吧的廁所裡，有個女人在我面前寬衣解帶，嘲弄著客戶的壞與蠢。

我為了我的自由而飄飄然，同時，我害怕。我思量著，我會因為不懂得安於其位而遭受懲罰。我思量著，要是我怎麼樣了，那完全是自找的。夜裡，男孩們在拉巴特與卡薩布蘭卡之間的高速公路上逆向飆車取樂，我呢，則在想：「妳不可以死，因為妳死了，媽媽也會死掉。」然而，就像《慾望街車》（*Un tramway nommé Désir*）的白蘭琪一樣，我往往可以指望陌生人的善意。某個晚上，在卡薩布蘭卡的一間酒吧裡，我等著我朋友，我是唯一一個女孩。酒保跟我說，妳啊，一定要挑吧檯坐，還要盡量坐得靠近調酒師一點。他向我透露：「江湖一點訣，就是自備打火機。要是妳跟哪個男的借火，他會以為妳有跟他說話的意思，然後就自以為有資格把妳。妳就再也沒辦法擺脫他啦。所以說，妳要抽菸的話，一定要自備打火機。」

這個世界已經消逝無蹤。我也不想讓它失了顏色。它也許會成為一部小說，因為唯有文學能讓這些被吞沒了的生命重新顯現。我離開我的國家已經二十年了，我感受到了某種憂傷，我感受到，我永遠遠離了那些童年的感覺。

◆

「我不會為自己現在這個樣子感到羞恥，我沒辦法變成跟我一路以來的模樣不同的人，十八歲以前，我只知道這樣子的生活：井井有條的地方資產階級的井井有條的公寓，還有讀書、讀書，真實的生活則在這一道又一道的圍牆以外展開了」，米蘭．昆德拉《玩笑》（*La Plaisanterie*）一書的女主角海倫娜如此說道。

我被當成寵物，養在室內長大。從未從事過任何運動。不會騎腳踏車，也沒有駕照。我小的時候，大部分的時間都待在家裡。我讀書。拉巴特這座城市沒太多娛樂，我與妹妹們把閱讀或看電影當成消遣。不只夜晚是禁地，外面也是。街道上，廣場上，咖啡館裡——我還記得，這些咖啡館的露天雅座，清一色坐的都是男人——女孩都沒有理由存在。一個女孩走在路上，必須是有目標地從這一點移動到那一點，否則就是一個不正經的遊蕩女孩，一個不知羞恥的女孩，一個迷失的女孩。女孩面臨的危險可多了：懷孕，戀愛，成績被過度多愁善感搞得一落千丈。我聽別人描述過這些女孩的墮落，一個比一個還驚人。女孩就是永恆的夏娃。

進入青春期，我開始夢想著逃跑，渴望著浪遊，渴望著一個個沒有大人陪同的夜，渴望著一條條我是行人，與其他人彼此觀看的街道。因為移動對我來說是個禁忌，移動成為了我心目中自由的同義詞。解放，就是逃跑，就是離開家這座監獄。我們不是說家庭「單位」，就跟我們說監獄「單位」[6]一樣嗎？我不想成為「女主內」的那個女人。高三的時候，我們的哲學老師喜歡邊上課邊抽菸，也喜歡在花園裡上課，他向我們說解道：存在，是離開自我，也是離開自己的家。沒有抽身而出的拉扯，就不可能有個性，不可能有自由。一定要逃離所有洋溢舒適的幻覺，卻囚禁我們的空間。一定要小心不要讓

「心靈資產階級化」了；寧願當一個遊牧民族，一個漫遊者，一個非旅行不可的旅人。當時，我的生活就只是從學校到家，再從家到我祖父母的農場，我半是害怕、半是興奮，夢想著一個會有我一席之地的地方。我想要征服外面的世界。

如今，在這座博物館裡，我獨自一人，打著赤腳，尋思著為什麼我這麼想被關在這裡。我渴望成為的那個女性主義者、倡議鬥士、作家，怎麼能作著身陷囹圄、大門緊鎖的白日夢？我應該想要打破桎梏的啊，我應該成為風吹襲牆垣，直至它們搖晃乃至崩潰。寫作不能僅

6 作者於此處運用一字多義的雙關：家庭單位（cellule familiale）的「單位」（cellule）一字，也有「監獄的單人牢房」之意。

僅只是抽離、退隱，沉湎於公寓的溫暖中，寫作不能僅僅只是築起重重磚牆來讓外界傷害不了自己，而不去直視他者的眼睛。寫作，也是懷藏著一個個擴張、征服、認識世界、了解他者、探索未知的夢想。在堡壘裡，除了培養冷漠，還能培養什麼？享有平安是個自私的幻想。

「真主創造地球時，我父親說，他有充分的理由將男女分開〔……〕。只有每個群體都遵守各種**界線**，才會有秩序與和諧。任何的違背都必然導致秩序崩解、不幸降臨。但女人一心想違反界線。她們滿腦子想的都是大門外的世界。她們整天幻想，她們在想像的街道上大搖大擺走著。」摩洛哥社會學家法蒂瑪．梅尼希以她的童年為主題的著作——《女人的夢》（*Rêves de femmes*）就是從這裡開始談的。梅尼希的童年在非茲古城區裡一個女性親屬環繞的「深宮」[7]度過。她在書中講述了這些女人被禁錮在一名守衛的監視下，這名守衛腰間掛著一串鑰匙，每天傍晚，他就緊緊鎖起那扇厚重的木門。當時，人們對年輕女孩子們說明，世界為一道道隱形界線，也就是由「hudud」所劃分，所有違背了這些界線的女人都讓家族蒙羞，是有罪的。

我並沒有在深宮裡長大，也從來沒人阻止我活出自己的人生。但我是如此世界的產物，我的幾位曾祖母就相信這些界線不可或缺。在她們閉居其中的小小空間裡，她們或許也夢想過一個更遼闊、更豐富

7 harem，此非字面意義上的王公貴冑的後宮，而是指由女眷組成、隔絕於成年男性之外的大家庭。

的人生。我的祖母來自阿爾薩斯，算是摩洛哥社會的一個異數吧，她渴望冒險，勇毅無匹，堅忍不拔，在在令人印象深刻。我從來沒經受過我先祖所經受的，但我童年時還是會這麼想：女人是靜止不動、家居的存在，她們在裡面比在外面安全。她們不如男人有價值。她們繼承的遺產比男人少，她們總是誰誰誰的女兒或誰誰誰的妻子。其他人常常同情我父親膝下只有女兒。我姑媽都已經六十好幾了，仍不敢當著她弟弟的面抽菸。因為，眾所皆知，抽菸的女人缺乏美德。我父母期盼我們姊妹成為自由、獨立的女人，有能力說出自己的選擇、表達自己的意見。然而，我父母與我們三姊妹都無法漠然置身於我們成長的環境與這些支配公共空間的「隱形法律」之外。因此，我父母勸誡我們，我們一旦跨出家庭慈愛的牆，就最好謹慎、低調些。

保羅．莫杭的《大忙人》（*L'Homme pressé*）這部小說裡，敘事者自言自語：「皮耶啊，在你睡著，然後醒來變成有房子的人以前，好好想清楚吧。皮耶啊，你這樣會變重的。你要落地生根了。你要靜止不動了。你要知道，有些蝸牛是被自己的殼壓死的。」[8]因為我是女人，我總是害怕自己的殼會壓垮自己。害怕落地生根。我不願作個苦候旅行的戀人歸返的潘妮洛碧[9]。在我看來，生命無非是一種摧毀

8 這段話是敘事者接到另一角色的通知，說某地有房出售，敘事者火速安排隔日看房後，臨睡時躺在床上的自言自語。

9 此處用的是希臘史詩《奧德賽》（*Odyssée*）典故。《奧德賽》主角——伊薩卡島國王奧德修斯（Odysseus）因參與歷時十年的特洛伊戰爭，之後又因用計刺瞎海神波賽頓之子——一名獨眼巨人（cyclope），遭到波賽頓詛咒，在地中海又多漂流了十年才得以返回故鄉伊薩卡島。其妻潘妮洛碧（Penélope）在丈夫行跡杳然的二十年間堅信其夫將歸，誓不改嫁。她對一眾追求者宣稱手上的布織完的一天才會再婚，一邊白天織布、晚上將織好的布拆開。兩人歷盡劫波，終得團圓。

我們野性的勾當，一種管束馴服，一種對本能的扭曲。也許這可以解釋，為什麼我在文學上如此癡迷於家庭生活的痛苦。在我所有的小說裡，母親們總是會在某個時刻，湧現稍縱即逝的一種羞恥感——她們懷抱著拋棄自己小孩的渴望。她們全都憑弔著、想念著成為母親以前的自己。她們必須為孩子築起一個窩，一個舒適安全的所在，一座娃娃屋，而她們自己，將是裡頭那笑容滿面的俘虜。為此，她們深深受苦。大家總跟我們說：為了小孩子，妳們必須「在」。妳們必須「安於其位」。

女人的處境是何等地逼迫女人永遠活在裡與外的拉扯，最深刻了解的大概是維吉尼亞．吳爾芙。女人既被剝奪了自己房間的舒適與私密，又被外面世界的廣闊豐富拒之於外，無法在那裡與人交流、展開冒險。女性問題就是空間問題。我們如果不去研究以女性為對象的宰制之地理條件，不去認識、度量那透過衣著、場所、他人目光來加諸女性身體的束縛，就沒辦法理解這以女性為對象的宰制。我重讀吳爾芙日記的時候，發現她已經為《自己的房間》（*A Room of One's Own*）構想了續集。這部續集暫定的標題是：《打開的門》（*The Open Door*）。

◆

我坐上我橘色的行軍床，觀察面前一系列的相片：《變化的紐約》（*Changing New York*），這些是蓓倫尼絲．阿博特的作品；這位美國攝影師一八九八年生於俄亥俄州，之後成為曼．雷的助手。一九二〇年代，阿博特住在巴黎，於此，她初識了歐仁．阿傑的創作；阿傑死後，阿博特購買了他的檔案。阿傑年復一年拍攝著巴黎各區，心懷瘋狂的志向：為巴黎這座高速變革的首都建立一份鉅細靡遺的文獻。一九二九年，蓓倫尼絲．阿博特回到了紐約。她如今置身的城市已經與她昔日道別的城市澈底不一樣了。幾年之間，十九世紀的建築紛紛遭到摧毀，將空間拱手讓給玻璃與鋼鐵的王國。我回老家時湧現的感覺，也許阿博特當時也感受到了。那種感受，就是最親密、最熟悉的這一個世界，在我不在的時候繼續活著，還轉變了。既源源不斷令人驚奇讚嘆，又讓人不快，覺得自己遭到了背叛。

阿博特這位藝術家採取了一種深深自我矛盾的方法：拍攝變化，捕捉轉型，以圖像銘刻一個個行將遭到吞沒的所在。跟阿傑一樣，阿博特想要以圖像凝止一個變化的過程。她所拍攝的，是一個逐漸死逝的世界，也是另一個正在來臨的世界，這兩個世界幾乎同時，幾乎重疊。我面前的幾幀相片裡，這些灰白色的建築像是重疊了層層筆跡的羊皮紙。它們混凝土的血肉裡承載了昔日的見證。我走近細瞧。往昔藏身何處？如何讓每個物品——就算這個物品再怎麼平平無奇、再怎麼微不足道——蘊藏的記憶顯現？所有這些匯聚於此的藝術家似乎都癡迷於如此的追尋。在他們周遭的世界裡，找出幽靈的影跡，從而證明：向來沒有什麼事物是會完全消亡的，而整個世界都被一道道傷疤貫穿。所有這些藝術家都胸懷把握住變幻不居之物的瘋狂雄心。

在物的浮淺瑣碎背後，我總是尋找著物所蘊藏的，與祈禱和記憶有關的東西。我喜歡那些喚醒我們某段回憶，所以我們無論如何都留在身邊的平凡、俗氣的物品，醜醜的小東西。我喜歡開運小物與護身符。我熱愛造訪作家或我傾慕的人的寓邸。看見杜斯妥也夫斯基的茶壺、普希金的一綹頭髮或是雨果的書桌時，我潸然淚下。這些沉默不語、靜止不動的見證者觸動了我，讓我百感交集。我離開我的國家二十年了。有時大家會問我，我是怎麼看待這場流亡（exil），但我拒絕使用「流亡」這個詞。我不是流亡者。沒人逼我離開，我沒有為情勢所迫。我在巴黎找到了我來巴黎所要找的：隨心所欲生活的自由，在咖啡館露天雅座待上好幾個小時，喝酒、閱讀、抽菸的自由。我是個移民，是個「外來的」（métèque），我這邊說métèque，是取這個字字源學的本義，因為我正是揮別了我的城邦，落腳另一個城邦[10]。每次我回拉巴特，都一定會注意到我的城市有所轉變。小時候我去的地方，有些消失了，有些則改變了。原本的空地長出了大樓與資產階級的宅邸。布賴格賴格河岸邊蚊蟲孳生、鳥類群集的沼澤地被整治了，賣冰淇淋的把他的鋪子賣給了一間電信公司。我偶爾與父母去吃晚餐的義大利餐廳還在，在市中心一條陰暗的街道上。菜單也沒變，服務生則非常老了，耳朵不靈光了。

我只保留了那時候的少少幾樣東西。我度過童年的房間，別人已經清空了。我什麼東西都拿不回來：拿不回我的筆記本，拿不回我的玩具，拿不回任何的相片、任何的衣服。當時，我覺得我的過去被褻瀆了、從我身邊被奪走了。然後，隨著時光年復一年流逝，我感受到

10 司利馬尼會這樣說，是因為 métèque 這個字來自古希臘語，原義為「對某個希臘城邦而言，來自其他城邦的希臘人」。之後在法文，這個字被仇外人士拿來辱罵人，成了侮辱移民的用語。司利馬尼這句話兼用了 métèque 的兩種意義。

巨大的解脫。最近這幾個月，我驚覺我丟失了一些信、一支我父親的筆，還有一枚舊戒指。我丟失了我使用的電子信箱的登入資訊，十年的魚雁往返就這樣蒸發無蹤。之前，我存了幾張我少女時代的相片在某個隨身碟裡。這個隨身碟不見了。我把書房的所有抽屜都倒空了找，大發雷霆，甚至還依照我祖母的建議，向帕多瓦的聖安多尼祈禱。然而，什麼都沒有重新出現。當我的憤怒平息，我感覺自己擺脫了某個什麼東西。我覺得，那個從我身邊盜走這些珍貴物品的上帝，其實幫了我一個忙。

我走進隔壁的展間。這裡展出巨幅的畫作。作品 *Api e petrolio fanno luce* 是用信眾在羅馬教堂裡燃燒的蠟燭的蠟做的。藝術家亞歷山德羅・琵昂季雅摩融化了蠟，將其染色、製成作品。這幅畫令人想起夏日暴風雨的天空，雲朵不安流動，風暴蓄勢待發。畫作由各種白色與藍色交織而成，有比較陰暗的起伏，有充滿光線的凹窪。從遠處看，我們會以為是用顏料畫的，而一旦我們走近，就會看出融化的蠟燭那充滿顆粒的柔軟蠟質。如果我側耳傾聽，也許會聽見那些喃喃的祈禱吧？「請您治好他」、「請您讓他再愛我」、「主啊，請您保護我的孩子」。在這幅還願之燭製成的畫作裡，蘊藏了多少的祕密、多少的回憶？燭畫的美平撫了我。我想要用指甲刮刮畫，感受一下蠟的觸感，就好像我童年的時候，把手指插入燃燒的蠟燭，為我的指紋打造模子。我想要信仰，我想要祈禱。但是我不曉得怎麼做。我想到羅蘭・巴特在他的《哀悼日記》（*Journal de deuil*）寫的：「我看見夏天傍晚，群燕翱翔。我尋思〔……〕不相信靈魂——不相信靈魂不朽，是多麼野蠻！唯物論是多麼白癡的真理！」

在一座玻璃櫃中，是伊黛爾繪製的摺頁，題為*Dhikr*，我們可以翻譯為「念咒」[11]。最初，摺頁是小型書冊，像手風琴一樣摺疊，日本藝術家以墨在上面作畫。此處，伊黛爾以不同的顏色，書寫同一個詞：真主。每一次，只要有一顆炸彈落在貝魯特，她就書寫「真主」，持續不絕。就好像一個孩子在砲彈轟炸下祈禱，就好像當意義隱滅、暴力襲捲一切，一名信眾堅持他的信仰。在這神聖之詞周圍，她畫了各種顏色的半月、星星、星座，來為戰爭粉碎的人們打開無限的空間，讓他們能夠呼吸。

我坐上冰涼的地板，閉起了眼睛。腦海中浮現的，是我拉巴特的家，那半夜時分的喚拜聲。喚禮員[12]的聲音將我搖得半夢半醒，聲音聽起來好近好近，我曉得屋子裡的其他人也都醒了過來。我想像信眾紛紛離開家裡，睡眼惺忪，走在陰暗的街道上，手臂下夾著禮拜毯，進入了清真寺。

傳來了，遠遠傳來了，柴可夫斯基《悲愴》（*Pathétique*）微弱的樂音。在一列列如森林的磚柱後方，一面螢幕就在眼前。一個女人在走路。她穿越被圍困的塞拉耶佛那一條條的街道，要前往她擔任樂手的交響樂團。她的鞋跟敲擊石磚路的聲響，呼吸因為恐慌、急迫而倍顯沉重，在在清晰可聞。這座陷入戰火的城市，這座遭到窒息、居民飽受恐嚇的城市裡，她的呼吸宛如節拍器。她挺起了胸，停了下來，將要到來的危險阻擋了她。她跑了起來，穿越一個個空蕩蕩、陽光璀璨的路口，與幾個行人錯身而過，這些行人驚惶不安，躲在

11 incantation。《古蘭經》各漢譯本將 Dhikr 一字譯為「紀念」、「記念」、「提念」、「贊念」。

12 muezzin，亦譯穆安津、宣禮員。

一角窺伺著。他們全都穿著黑或灰色的衣服。當時，人們相勸別穿紅色或其他鮮豔的色彩，因為這些顏色會讓您暴露在狙擊手的槍口下。這就是塞拉耶佛圍城戰役在安利．沙拉這位藝術家心中的模樣：《一千三百九十五個沒有紅色的日子》（*1395 Days without Red*）。安利．沙拉在這部影片中重現了那段恐慌的日子，並向塞拉耶佛愛樂管絃樂團致敬——該樂團在圍城期間演奏音樂不輟，讓他們的藝術成為抵抗的工具，成為一聲人道主義的吶喊。如今，在塞拉耶佛，這段窒息了城與人的日子還剩下多少痕跡？或許，這就是藝術家的使命吧？挖掘、追憶，從遺忘中攫出、救起，在過去與現在之間建立這種魔鬼般的對話。拒絕埋藏隱沒。

◆

伊黛爾．阿德楠接受漢斯－烏爾里希．奧布里斯特訪問時說：

「積極地去記憶是非常重要的，尤其，跟記憶會自行保存起來的過去相比，如今我們更必須積極記憶。以前，我們住的城市裡有一座座圖書館、博物館，還有著一個個朋友。在城市的一磚一石一瓦中、知道這些石頭的人身上，記憶已經在裡頭了。如今，我們不斷面對著空無。一座又一座的城市被完全摧毀。戰爭爆發以前，我們並不須想起貝魯特，因為貝魯特就在那裡。然而，一九六〇年代的貝魯特已經消失了。要是記憶不保存它的話，它就會從地圖上抹去了。其他更多地方也是如此。也包括了法國，在法國，事物的變化劇烈到我們連怎麼解讀倖存下來的東西都已經不曉得了。我們眼中所見的大教堂與大教堂建造者眼中所見的大教堂已經不一樣了。知道怎麼觀看、看出其中堂奧，是必須付出文化上巨大努力的——一座建築矗立我們眼前，並不代表我們能看得見。」

昨天，聖母院燒毀了。今天早上，我來到威尼斯時，水上計程車司機問我聖母院有什麼新消息，就好像在關切、擔憂一位親愛先祖的健康。伊黛爾．阿德楠告訴我們的是：城市之死就如同人、動物與植物之死。一座座城市、建築物消失了，帶走了愛過它們、走遍它們、認識它們的人的情感。在一九四一年寫給伏郎寇．法露非的一封信裡，皮耶．保羅．帕索里尼講述了他與他朋友帕里亞在帕德諾度過的一個夜晚。他們在大自然中，「果園裡、長滿櫻桃的櫻桃林間」整夜歡笑。那一夜，「多到數也數不清的螢火蟲幻化作一叢叢火的樹林」。三十年後，帕索里尼在另一封信裡說道，汙染讓螢火蟲消失了。「那是個震駭人的、疾如風雷的現象。」在帕索里尼眼中，消費社會、野蠻的資本主義、毀滅自然的逐利行徑殺死了螢火蟲，也隨之殺死了與自然渾融一體的這些夜晚的回憶。帕索里尼似乎說著，美已經死了，成為了金錢祭壇上的犧牲。消費社會導致了庶民文化消亡、地景支離破碎。「現在，一切在過去幾個世紀裡看似永恆、確實也經久不變的事物，開始土崩瓦解了。威尼斯已垂死。」在另一處，他又說：「一個孩子感覺到自己不被喜歡的時候，會無意識決定去死。這就是如今發生的事。石頭，木料，色彩，昔往的各種事物就正在這麼做。」我思索著，聖母院也許是自殺的。面對所有想要消費她的人，她筋疲力盡、飽受摧折，自己走進了火裡。聖母院的死因，是人們過度觀看她，是她業已淪為只等人前來消費的觀光對象。

威尼斯也是，威尼斯正在死滅。凝視默想威尼斯，就是凝視默想一場臨終。透過窗戶，我瞥見那即將吞沒威尼斯的河水。我試著想像支撐著威尼斯的木樁搖搖欲墜。我想像著威尼斯的宮殿埋葬在水與泥濘中，威尼斯榮耀的記憶為所有人遺忘，威尼斯鋪了磚石的廣場化為烏有。威尼斯體內蘊藏了毀滅自身的根苗。或許正是這種脆弱讓威尼斯如是輝煌。

昨晚在電視上，有人說，聖母院火災所激起的情緒證明了法國重新擁抱了信仰。但我的感覺是，這場火災所證明的恰恰相反。我們哭泣，是因為我們活在一個嚴重缺乏超越性、缺乏上升——無論是上升到什麼高度——的欲望的社會。我們的眼淚呼應著上帝震耳欲聾的沉默。我在一個宗教在人人生命中舉足輕重的國家長大。在這個我長大的國家，神不由分說闖入日常生活的每個空間，闖入我們使用的每一種表達方式。神目睹一切，決定我們的命運。當時，我因為不信神而非常痛苦。不信神像是一種身心障礙，把我排除在外，讓我無法全然與親友心心相印。我夢想著能夠感覺到什麼，夢想著自己有辦法俯伏於更偉大者的腳下。我想像著，或許有那麼一個晚上，我會獲得天啟，就像神學家帕斯卡經歷的那一個偉大夜晚。神會對我顯現，拯救我脫離恐懼。但屬於我的偉大夜晚從未來臨，只有文學填補了我對超越的渴望。有時候我會想，宗教熱忱逐漸消失，又或是被蒙昧主義的頭腦弄得誤入歧途，面對著這樣的情勢，文學可以取代神聖的話語。文學可以讓我們上升。在貝魯特，我與黎巴嫩詩人薩拉．史帖榭共度了一天。我少遇見如此堅信詩與文學的力量的人。對史帖榭來說，在一個各種宗教遭到誤用、我們的眾神遭到背叛的世界，詩與文學就是超越。就算我們什麼都無法相信了，也仍然還有詩，詩總是在的，史帖榭認為，詩永遠不死。

透過一扇天窗，我瞥見那尊俯瞰整棟建築的幸運女神像。在舊海關的角臺頂端站著兩尊巨人，他們揹著一顆金球，金球上矗立著幸運女神。她手持一張帆，隨風轉動，指引著風向。「在誕生出伊斯蘭教的文化裡，人們入情入理地知曉，一切都注定毀滅，」伊黛爾．阿德楠又說，「〔……〕阿拉伯人活在轉瞬即逝的生命裡，這或許讓他們比自己所意識到的還來得現代。」阿拉伯文化，特別是阿拉伯的詩，深受遊牧文化、深受過一天算一天的生活所影響。穆斯林文化的搖籃——沙與風的地景，不斷提醒著我們，要是人類自以為留下了什麼痕跡，那就大錯特錯了。十五世紀的時候，伊本．赫勒敦寫道：「阿拉伯人終其一生不斷旅行、移動，這與創造出文明的定居生活是對立、衝突的。好比石頭吧，石頭對阿拉伯人來說，用處只有拿來支撐他們的大鍋：他們會為此劫掠建築物，把石頭拆來用。木頭對他們來說，唯一的用處就是拿來做成他們帳篷的支柱與木樁。」

摩洛哥文化極其重視命運、運氣、必須謙卑地接受意外。與西方對此可能有的想像不同，這並非總與逆來順受或與宿命論畫上等號。這種接受哪管好或壞的命運的方式，自也蘊含了一種凜然的尊嚴、一種宏闊的視野。我記得，我父親過世時，那些女人在一天的葬禮結束之際跟我說：「好啦，他過世了，我們哭過了，現在該好好活著了。」這是神的旨意。」大家再三用一句咸認為先知穆罕默德所說的話來安慰我：「在這塵世，妳要像個異鄉客或過路人。妳要像個停步稍歇的旅者，妳要把妳自己算進墓中人的行列。」

對穆斯林來說，塵世生活無非一場虛華，各種俗話流行語不斷提醒我們這一點。我們什麼都不是，我們的生命握於真主手中。信徒的尊嚴在於逆來順受，在於他能夠接受沒有什麼恆常不變、一切終將消逝。人類身處塵世一如朝露轉瞬即逝，不該依戀執著。

一場火災，只不過是壞運道。著燃的一點星星之火，遭到遺忘的一根香菸，揚捲起來的風，拒絕落下的雨。人類難以接受偶然的殘酷。我們抗拒，我們尋找一個意義、一道訊息、一種解釋。我們有時想像這是一場陰謀，或這是上帝在警告我們。正如昆德拉所寫的，「現代人不誠實」。現代人不願直面死亡，假裝相信事物將長久存在、永恆仍有其一席之地。我們的社會膜拜「預防原則」、崇尚「零風險」，厭惡偶然，因為偶然會打破我們控制一切的美夢。相反地，文學珍視傷疤、意外的痕跡、無可理解的不幸、不公不義的痛楚。◆

我看了看錶。才剛半夜。博物館與墓園一樣安靜。我大可去睡覺，幾個小時以後，我會睜開眼睛，這一切就結束了。我會回到陽光明媚的街道，忘掉這關於幽閉的汙穢幻想。我想像著我即將落腳的咖啡館露天雅座，我待會要喝的很濃的咖啡，然後是菸。

菸。

我永遠不該想到這個的。

我長長吸了口氣，希望我肺裡哪個地方還殘留一些尼古丁。如果我哈兩口菸，誰會曉得？警衛會不會來逮捕我？我會不會被罰錢？會不會在大半夜被踢出博物館？我完全可以說我是故意這麼做的，抽菸是展演的一部分。我啊，我這位「不是很搖滾」的人——這是一位女記者跟我說的——大可用意在顛覆、虛無主義、難以忍受的癮頭來為自己辯白。

我上樓去找我的包包，然後跑回樓下，走進餐飲部的洗手間，把門鎖上。我一手拿著香菸，一手拿著牙刷。我自己看到都笑了。又一次，我想起那些老動畫：角色面臨抉擇時，肩膀上就會出現一名天使與一個魔鬼。就哈兩口，沒人會知道的。我只要這麼做就好：跪下來，頭伸到馬桶裡，點菸，貪婪地吸，再幾乎與此同時把菸扔掉。我做了。要是警衛醒了怎麼辦？菸味瀰漫了洗手間。我最好盡快回到二樓，躺到床上。假裝睡著，一派天真無辜。

◆

我已經在這裡待了好幾個小時，幾個小時我都自言自語，開始有點昏頭，腦子開始糊塗了。我覺得自己在一棟鬧鬼的屋子裡走來走去，失去了方向與時間感。我聽見一個個聲音。一個甜美、清晰的女人嗓音。我在這裡聽不太懂她說什麼。她說的是某種外語。我掀起簾子，進入一個黑暗的房間，面前是一面螢幕，這聲音我認得。是瑪麗蓮．夢露。她的音色是這麼地特別，既孩子氣又洋溢老成的智慧。她的聲音裝出了迷人傻妞的抑揚頓挫，卻承載了憂鬱全部的重量。我們聽見了她，卻看不見她的臉龐，也看不見那一具既是她的榮耀、也是她的負擔的身體。

我的父母熱愛電影。我們很小的時候，他們就讓我們認識了好萊塢黃金時代的電影，把他們的熱情傳遞給我們。我一部分少女時代的光陰就是在那裡，在一張沙發上與我的兩個妹妹一起看著美國電影度過的。我父母非常喜歡洛琳・白考兒、賽德・查里斯、凱瑟琳・赫本。我不曉得他們是怎麼看待瑪麗蓮・夢露。他們大概不會喜歡看到女兒們就著〈鑽石是女孩最好的朋友〉（*Diamonds Are a Girl's Best Friend*）的調子翩翩起舞吧。瑪麗蓮・夢露在她出演的喜劇裡，形象與我父母期待我們成為的樣子完全相反。一個矯揉造作的天真傻妞，一尊幼稚無知、見錢眼開的美女，唯一的才華就是搔首弄姿還有利用男人。在《願嫁金龜婿》（*Comment épouser un millionnaire*）這部片裡，她不願戴上眼鏡，因為眼鏡會讓她變醜，結果就撞上一堆門與牆。她真可悲，我呢，我覺得她超棒。

我跟我的兩個妹妹深深著迷於這些電影。我們從來沒在現實生活裡遇過她這樣的女人，她這麼美，這麼暴露，頭髮又這麼金。瑪麗蓮跟其他女演員生活在一個遙遠、未知的世界，但隨著一部又一部電影映入眼簾，我們熟悉了那個世界。在那個世界，女人戴著帽子與絲織手套，喝雞尾酒，獨自一人坐在吧臺。在那個世界，女人帶幾個皮箱搭豪華遊輪旅行，裙子在大街上飛舞。在那個世界，女人在計程車後座親吻夢中情人。當時我十二歲，長著連心眉，頭髮鬈曲。那個世界對我來說似乎遙不可及。

我第一次聽見她唱「鑽石是女孩最好的朋友」，是怎麼想的？我不記得了，但我覺得我應該沒有嚇到。正相反，我當時想必覺得這首歌好好笑，好顛覆，尷尬得滋味十足。我思索著，作為一個這樣子的女人會是什麼樣子。這樣子的女人，她的美煽動出了貨真價實的瘋狂，她腰臀的曲線，胸部的豐滿，嘴脣的腴潤，在在都是性邀約。瑪麗蓮被鏡頭拍成了一件東西，又崇高、又挑釁。我想，沒辦法隱形，被女人怨恨、男人渴欲，從未被認真對待，有時應該很恐怖吧。接著，我認識了《亂點鴛鴦譜》（*Les Misfits*）中的瑪麗蓮，這部片子裡的她讓我想起田納西．威廉斯筆下那些女主角，她們是沒人理解的鄉村女孩，遊走於絕望與瘋狂之間。在我少女時代的房間裡，有幾十張瑪麗蓮的相片。我特別喜歡黑白相片，在紐約，街上，地鐵，陽臺拍的。她生來就是為了給人看的。我察覺到，她與攝影機間有一種近乎令人不安的默契，彷彿她完全被自己的形象所吞併，彷彿鏡頭支配了她，搾乾她的精血，讓她變得空蕩蕩的，終至混亂失控。喬伊斯．卡洛．奧茲在《金髮女孩》（*Blonde*）這部小說中就講述了這一點。奧茲尤其提到，我們並不能將瑪麗蓮簡化為一個男性的幻想。瑪麗蓮也讓女人浮想聯翩。女人很早就習慣以男人的目光觀看世界。我們就是如此看見瑪麗蓮的，這一整齣劇碼令人心碎。瑪麗蓮身上有某種醜怪可怖之物，她是一個誘餌，一個陷阱，一個布娃娃，心術不正的製作人創造出的一個跡近神話的生物。瑪麗蓮啊，她是身為巧奪天工的禮物的那個女人，其他人狼吞虎嚥著她。她不屬於自己；她為群眾所有。

螢幕上，我看見了一枝鋼筆的筆尖，一個個字漸漸寫了出來。瑪麗蓮，這個沒大腦的女孩，這個耽溺性感的女孩，寫著一本口記。她聽從她的心理醫師瑪嘉烈．霍恩伯的建議，買了筆記本，在上頭寫下她的種種想法。她寫下的片段充滿了「我必須」，充滿了「應該要」，充滿了她為了成為更優秀的演員、成為平靜自在的女人，給自己下的命令，她終其一生都在尋找字句，試圖將她內在那不可解的喧囂中彼此爭執的情緒付諸紙面。二〇一〇年，瑟伊出版社出版了瑪麗蓮的《絮語》（*Fragments*）[13]，我們讀了就會發現，她到處寫作、時時寫作，寫在紙片、紙巾、食譜筆記本上。身為卡森．麥卡勒斯與楚門．卡波提的朋友、亞瑟．米勒的配偶，她終日閱讀。她渴望學習，對自己的筆跡、自己的拼字、自己的缺乏教育微微感到羞愧。螢幕上，一間旅館客房的布景顯現了。我們置身於紐約，紐約華爾道夫飯店的豪華套房，瑪麗蓮化名為潔兒妲．戎克，避居於此。在這裡，她決定重新創造自己，重新學習一切，成為一個演員，一個真正的演員。慢慢地，攝影機拉遠。然後我們發現，沒有哪個人的手拿著這枝鋼筆。隨著鏡頭拉遠，我們意識到，這全是幌子，是一場騙局。寫字的，是一臺機械裝置；這座房間呢，只不過是電影製片廠裡的布景罷了。她嗓音的抑揚頓挫是電腦重建出來的。瑪麗蓮在此，瑪麗蓮亦不在此。她是科技的恩澤中閃現的幽靈。她以前有曾經不是幽靈過嗎？她真的存在過嗎？◆

13 完整書名為《絮語：詩，私書寫，信》（*Fragments. Poèmes, écrits intimes, lettres*），全書纂集了瑪麗蓮·夢露寫就的文字：片段、筆記、詩、書信、食譜等等。

藝術家再度成為了創世神。這一回，是菲利普．帕雷諾。就像伊山．貝哈達顛倒了夜與晝，就像羅尼．霍恩凝凍了波光粼粼的水流。帕雷諾挑戰了缺席與在場、布景與真實、電影與現實人生的邏輯。他讓死者復生。這不就是我試著用我的小說做的嗎？我跟小說家克萊兒．梅蘇德聊到這一點時，她對我說，歷史小說就像是「屬於過去的科幻小說」。我們所講述的從來沒存在過，我們所書寫的過去無非是看似真實的杜撰。我們寫作時，超自然的時刻會乍然而至，在這些時刻裡，虛構與真實交織纏融，人物們用一種既愉悅我們、也驚駭我們的方式變得有血有肉。彷彿我們汲取死者遺留的痕跡來賦予生命。我在某個地方讀過一個非洲傳說：只要我們談論死者，死者就會繼續活在我們之間。桑哥寫道：「死者並沒有死。」只有在最後一個認識死者的人也死去時，死者才會真正亡逝。只要關於幽靈，我們有話要說，只要回憶川流不息過我們的心——就算回憶靜默無聲，就算回憶伏藏在我們記憶的暗夜至深之處——幽靈就會與活人同居共處。昨天，我在廣播中聽到，在古羅馬，數一數二嚴重的刑罰乃是記錄抹煞之刑（*damnatio memoriae*），這是元老院對某些犯錯的政治人物施加的懲罰。受刑之人的雕像遭到毀去，名字從簿冊上劃掉，哪怕再怎麼微小的存在記憶都遭抹除。

不用懷疑，這座建築充滿了幽靈。幽靈們處處遺留了線索，像一個個小拇指[14]邀請我跟隨他們的足跡。在一條廊道裡，我觀察塔蒂安娜・杜薇的雕塑。這些以青銅、大理石及縞瑪瑙打造成的雕塑題為

14 Petit Poucet，典出夏爾・佩侯（Charles Perrault）的童話《小拇指》（*Le Petit Poucet*），故事中，主角——綽號「小拇指」的小男孩在森林灑落小石頭，讓他們七個兄弟能從森林回家。

《守衛》（*Les Gardiens*），它們再現了兩個扶手椅的形狀，扶手椅上有某個人的身體壓凹的坐墊。這個凹洞讓缺席變得可觸、可感知，彷彿坐在這裡的人才剛剛起身。在石製的坐墊裡，我們感受到了等待的重量、無聊的重量。幻覺強烈到我相信這兩個人還會再回來。

◆

當然，我想到了他。他，我的父親。這裡的一切都帶我回到他的身邊。這個我囚禁其中的封閉所在。我的孤獨。昔往的那些幽靈。我對我父親的記憶總是不變。我們一起欣賞過的風景為數不多。我們共處的歲月是在一個沒有四季的國家度過的。冬天潮溼，夏天灼熱。地中海的某片海灘，偽托斯卡尼的橄欖園，然後還有那棟大房子，他在裡頭等待死亡降臨，房子裡發生的煩憂如此漫長，我如今知曉，我們其他人並沒有足夠的力量為他排解憂愁。也許是為了讓我記住吧，不管是在餐桌或客廳的沙發上，他堅持坐在同樣的位置。在一座大家全都已經不把鬃毛脫落的獅子放在眼裡的莽原裡，他這麼做是源於家父長的、或是年老動物的本能。沙發上，他坐在直角的位置。沙發的扶手被他菸斗的菸燻黑了。他平靜吸吮著菸斗，微微張開嘴巴，像水族箱深處的一條魚。我母親為這套沙發挑選了布料。她一定為挑沙發布花了許多時間，我絲毫沒有懷疑。她一定久久研究著布料樣本，也許還把其中幾塊遞到我父親的眼前，而我父親表現出澈底的不在乎。她最後自己下了決定，為沙發鋪上那塊酒紅色的布，我印象中，上面印有花朵，或者不如說是印度風格的圖案。不重要。我尤其記得的，是我爸爸擺放手臂的地方，圖案幾乎全褪掉了。因為一直摩擦，布都磨損了，哪個陌生人要是走進這房子，或許會以為那個地方是貓或狗坐的吧。他會以為某隻太胖又被寵壞的寵物壓塌了那些坐墊。他會覺得奇怪，為什麼我們把這個位置留給一頭動物，這個位置那麼舒服，位居中央，坐在這裡可以觀察屋子裡所有的動靜，甚至還看得見一部分的花園。

「我不思鄉，我懷念的是亡者。」蘆翼茲．米榭樂寫道。亡者可能要花上一段時間，才會使我們懷念。他們的缺席掘出了一道無形的溝壑，然後有一天，他們亡逝很久很久以後，一個念想浮現我們心中：「啊，我活著，卻沒有他，原來這是真的啊。」我常常想，也許我該謝謝我爸爸的死。他透過自身的亡逝、透過消失於我的生命，開啟了我在他在的時候，大概永遠不敢走的道路。這種念頭很羞恥、很悲哀，但歲月愈是一年年流逝，我愈加意識到這是真的。我父親是個阻礙。或者說實情還要更壞：我的命運必須透過父親亡逝來成全。

小女孩想念父親。我與他進行的無聲對話一日比一日更憤怒、更暴狂、更無力。但我如今已會這樣想：他的死是慷慨的，他決心為我而死，他的離開像是火焰的熄滅，漫長而痛苦。我現在會想：他這叢火在最後的時光中，就只剩下青藍的、飄搖的、脆弱的一縷微光。在那最後的時刻，他只不過是一個聲音，一個眼神，一雙棕褐的、女性化的手，拉住我，讓我無法生活。我父親以他的死，逼我為他復仇。他讓我再也不能懶散、溫吞。他把手擱到我的背上，用力一推，把我推入半空中，就像那些擔憂自己的孩子懦弱或膽小的父親所做的。

我在我書房的牆上用圖釘釘上了二〇一七年九月，土耳其作家阿梅特・阿爾丹在他受審前幾天寄給《世界報》（*Le Monde*）的信。同時也身為記者的阿爾丹被控支持二〇一六年七月十五日的政變。我記得我初次閱讀這封信的情景。我的心受傷了，信的每一行字都讓我年少時代的噁心感重新翻攪上騰，這嘴巴深處浮現的酸味。我太熟悉這種滋味了。阿梅特・阿爾丹寫道：「我並未身陷囹圄。我是作家。」這些話在我體內沸騰著、爆炸著、全速搏動著，猛烈到我沒法理解它們。我盡全力緊緊閉起眼睛，試著平靜下來，可是這些話繼續跟著我，宛如一片無可捉摸的陰影，宛如一樁等待解開的謎奧。然後，我理解了。我以為我理解了。

二〇〇三年，在經年累月的訴訟後，我父親在塞拉的監獄被囚禁了幾個月。他以銀行前總裁的身分，捲入摩洛哥有史以來數一數二嚴重的政治、金融醜聞。出獄後，我父親就生病了，於二〇〇四年過世。幾年以後，針對他遭受的種種指控，司法澈底還了他一個清白。

我閱讀阿梅特．阿爾丹這封信時，重新浮現的就是這些回憶。我對自己說：「我父親身陷囹圄。我是作家。」他死了，而我活著。我用我寫的一個個故事，試著讓他重獲自由。我寫作——我在單人牢房的牆上挖了一個洞。我寫作——每個夜裡我都銼著監獄的鐵條。我寫作——我拯救他，為他提供種種逃逸的可能，讓他欣賞丰姿各異的景致，令他享受踏上非凡冒險的一個個人物。我給予我父親一個與他相稱的人生。我將他遭到剝奪的命運還給他。

你的死亡是為了給自己第二次機會，這第二次的機會在我看來，是託付給了我，故事的結局，該由我來寫。我將夜來香關在箱子裡，我凝止了水流，我讓你喜歡的女演員們死而復生，我在石頭上刻下你在沙發上留下的痕跡。

我父親的命運總是沉沉壓在我的命運上。我曾試著忽略它。我曾想要避開避無可避之事。我活在對一道詛咒毫無理智的恐懼中。我害怕同樣的命運等待著我。我會上升到很高很高的地方，然後墜落。墜落得緩慢而頭暈目眩。墜落得可悲又無足輕重，眾人漠不關心，墮入地下室的陰影裡，墮入我自身沉默的陰影中。全世界都會憎惡我，然後遺忘我。我感覺到，我愈試著閃躲此一命運，發生的事情就愈提醒著我這個無法逃避的宿命。我永遠不會有什麼逃過它的辦法。這道詛咒將從父親傳給女兒，這是必然的。

在這裡，我必須好好講述。講述我父親墜入地獄的漫長過程。講述他從社會雲端的崩落。講述他囹圄之中的日子。但我無論講述什麼，都不會是真的。或者應該這樣說：那些經歷過這些事件的人不會從中找到冰冷嚴酷的真相。他們會說我弄錯了。他們會說我隨便亂講。他們會說「實情不是這樣的」。我不曉得的事情永遠無法釐清。我無意解開謎團，填補缺漏，恢復真相或還一個清白。我憎惡解釋。我想要留著問題、不找答案，因為，正是在這些鴻溝裡、這些黑洞中，我尋得適合我靈魂的材料。我在這些鴻溝、黑洞中織自己的網，為自由與謊言創造一個個空間；在我眼中，自由與謊言是同一件事。我前行於黑暗的街道中，創造自己的風景。我創造我的人群，我的家庭，描繪一張張容顏。

很多人以為，寫作，就是報導。他們以為，談論自己，就是講述自己所見到的，忠實報導自己見證的事實。我呢，與此相反，我想要講述我所沒看見的，講述我一無所知卻糾纏著我的。講述這些我沒有親眼目睹、卻是我人生一部分的事件。將沉默形諸筆墨，對抗記憶的忘卻。文學的作用不是重建真實，而是填補空無、缺漏。我們挖掘，同時創造了另一個現實。我們不胡謅亂道，我們想像，我們為一個幻景賦予血肉，我們用記憶的片段、永恆的執迷，一塊一塊建構出這個景象。

對我關於囚禁的幻想，我父親會怎麼看？他大概會取笑我吧。「女兒啊，妳想代替我去坐牢啊？妳想要別人把妳密不透風關起來啊？」他會看著我，臉龐因為微笑而發光，那是世界上最美的微笑。沒什麼瞞得過他。他會曉得，我對囚禁的幻想蘊藏了如何的絕望與錯亂。他會將我擁入懷中，安撫我想要拯救他、想要以身代父的荒謬企圖。我有一天會曉得他經歷過什麼嗎？我渴望了解經歷這一切是什麼感受，這樣是不是很不道德？

我父親的遭遇是我渴望成為作家的關鍵。我常常想起瑪格麗特·莒哈絲在《愛米莉·L》（*Emily L.*）的這一段話：「在我看來，這只有寫到書裡，才不會再帶來痛楚。才會變得無足輕重。才會隨風拭去。〔……〕寫作，也是如此，大概吧，寫作就是拭去。取代。」某種程度來說，就是修改記憶。我父親去世以後，我開始瘋狂寫作。我創造出一個又一個世界，在這些世界裡，不公不義獲得了糾正，人物恰如其分獲得看待，而非囚困在群眾對他們的印象中。我書寫一個個不被理解的人，盡可能深邃地潛入他們的靈魂。我學會了生活在自己的內心，關注自己內在的聲音，關注我腦中流轉的音樂與字句。我出於拒絕現實、出於渴望拯救那些被侮辱者而寫作。我父親出獄的時候，跟我談起了內心生活。他讓我了解到，他的某個東西、他內在的某個部分，挺住了。他讓我明白，每個人都有某個部分是其他人無法傷害、無法褻瀆的。每個人都有一座深淵，深淵中有自由。我開始認為，這種內在生活是我的救贖，要丟失它或是要維持它，完全操之於我。從此以後，這種內在生活將全然由文學餵養。

「沒錯，我被關在無人地帶中央一座門禁森嚴的監獄裡。沒錯，我滯居在一座單人牢房中，沉重的鐵門開關時發出地獄般的聲響。〔……〕這全都沒錯，卻並非全部的真實。冬天時，當我在雪的喁喁私語中醒來——雪啊，在窗子的另一頭堆積著——我就在這齊瓦哥醫生亦曾避居的有著一面面大窗戶的鄉村別墅裡，開始了一天的生活。至今，我從未在監獄裡醒來。我是作家。無論你們將我囚禁何方，我都將在我精神的無限世界裡走闖。一如所有作家，我也擁有魔法。彈指之間，我可以越壁穿牆。」阿梅特．阿爾丹在《我再也見不到這個世界了》（*Je ne reverrai plus le monde*）寫道。

我父親是個神祕的人。他很少聊自己，我也無意解開他的一個個謎。這些謎瘤凸叢生、扭曲纏結，我卻仍將它們揹在身上，我覺得它們推著我繼續。繼續什麼？要去哪？我對此一無所知。然而，也是我父親與我因著牢獄之災，遭到了不公不義的損害，囚牢才對我的寫作如此關鍵。對我來說，似乎只有文學得以擁抱這一切，擁抱如此暴力、如此毀滅性的經驗。我常常把自己看成筆下人物的辯護人。我不是來評斷、來把人物關進條條框框裡的，我是來述說每個人的故事的。我是來捍衛這樣的想法的：就連怪物、就連有罪者，也都有自己的故事。我書寫的時候，心心念念就想努力讓我的人物得到救贖，護衛他們的尊嚴。文學在我看來，就是無罪推定。或者可以更進一步說：文學，就是推定——我們推定，有個什麼共同的東西將我們與其他人類繫連在一起。我們推定，這個從我們的想像裡誕生的人物，他經歷了我們從未親歷的經驗，他經歷如此經驗時所感受到的情緒，我們不必親歷就能體會。一直以來，我望著其他人，心裡湧升的不僅僅是好奇。而是一種凶猛的渴欲。渴欲走進他們的裡面，理解他們，在一分鐘、一小時、一生之間，設身處地成為他們。別人的命運讓我深深著迷，而當我感受到他們的命運是殘酷或不公平的，我就為此痛苦。我從來沒有辦法在冰冷舒適的漠不關心裡安歇。路上的行人，說話太大聲的麵包店女老闆，走路走得很慢的小老頭，在長椅上作夢的保母，所有人都觸動著我。我們寫作的時候，會愛上別人的弱點、缺陷。我們體會到，我們各自孤獨，又全都一樣。

偉大作家觸動我的地方在於，他們充滿顧念、敬重。在那些令我心蕩神馳的書裡，作者似乎為強烈的同理心所鼓舞、驅動，以至於最浮淺瑣屑的存在、最日常的情感，都披上了魔法的光芒。我們微不足道的生活中，似乎有個偉大的什麼誕生了。這些作者給了我希望，或者也可以說是幻覺吧：人們可以彼此理解，甚至可以彼此寬恕、可以不彼此論斷。我們並非注定困囚於冰冷無盡的孤獨。

我父親大量閱讀。閱讀是他的堡壘，他把自己關在裡面。他會把書堆在腳下，就像泥水匠堆疊磚塊，構築牆垣。最近我發現，在我們兩個為數甚少的合照裡，有一張是這樣的，他身旁擱了一本書。一本南方出版社的，保羅·奧斯特的《月宮》（*Moon Palace*）。我父親過世很久之後的某一天，我在我父母的書櫃裡找到了這本書。我認出了封面，是粉紅色與藍色調的，然後我就想起了，小時候，我是如何為了打動我父親而閱讀。當時的我想著，如果我手上拿著一本書，他就會關注我，他就會看見我。《月宮》我讀了一半。我讀到小說主角破產了，萬念俱灰，獨自一人待在他的公寓裡，把自己囚禁在書堆中，瘋狂啃讀這些書。然後我就在飛機上或是候機室裡把書搞丟了。我沒有重新再買一本，也從來沒有試圖去了解故事的結局。

想到他的時候，並不是很開心。我不太曉得為什麼。我總有某種遲疑、保持著某種距離，我從來不會完全沉浸在這些念想裡，我絕對不准自己耽溺其中。再說，我並不渴望他重新回到我身邊。我從來沒有自己一個人哭泣，熱淚奔流，再三呢喃著我好想他。他身上有一種神祕感，而我與他的關係裡有某種未完成的成分在。一些沒有說的話，一些沒有經歷的經驗。他是我的家人，但我對他並不熟悉。或許，我曾以征服他，戰勝他，拉攏他成為盟友、朋友為目標。我還沒達成目標，他就過世了。其實，我沒這麼喜歡想到他，因為這些念想本身滿是空白。我沒辦法想起一段具體的回憶，一齣對話，一場遊戲，一次共餐。不，這些念想是由分開了我與他的某種空洞、某種鴻溝所構成的。

奇怪的是，我愈是書寫他，愈覺得他沒有真的存在過。文字並沒有賦予他生命，反而把他變成了一個角色，叛離了他。回憶他對我來說，是一種痛苦。就好像小時候，膝蓋受傷的我，老是用手去摳那些結出的痂。會痛，可是眼看傷口再次流出血來，我卻有某種奇異的快感。書寫他就像是如此。我不相信寫作是為了解脫。我不認為我的小說了結了我所經歷的不公不義的感受。相反地，作家病態地依附於他的苦痛、他的噩夢。沒有什麼比治好它們還更可怕。

有時候，我捫心自問：要是我得在你活下來或是寫作之間兩個選一個，我會怎麼選？當然，我是必須這麼說的：我寧願我從來沒有寫作，寧願你還在，寧願我們未曾受苦。但我不曉得我是不是真的有辦法這麼講。法國作家蒙泰朗說得真對：「作家都是怪物。」是吸血鬼，沒心沒肺，無法無天。

◆

現在是凌晨三點，我走向位於建物尖角處的觀景臺。我記得，我所處的地方，是一座海關。在此，權力行使著，人們查驗貨物，頒發通行證或是禁令。十五世紀以前，威尼斯軍械庫附近矗立著威尼斯唯一的一座海關，統攝陸路與海路抵達的貨品。後來，這座最初的海關變得不敷使用，為了便利貨物通關，兩塊區域於焉創設：位於里阿爾托附近的陸路海關（Dogana di Terra），以及海路海關（Dogana di Mare），後者某種程度上充當了朱代卡島與威尼斯行政中心之間的閘門。目前的這棟建築興建於十七世紀，是進入的門、也是離開的門，是邊界、也是過境處，是廊道，人員與貨品於此接受查驗。它位在穿行威尼斯的兩條大運河——大運河與朱代卡運河的匯流處，是兩個文明的交會點：義大利—日耳曼帝國，以及阿拉伯或拜占庭世界。在這尖角，一艘艘船停泊於此，海關人員登船檢查貨艙與甲板間，清點貨物，查核帳目。不過，舊海關大樓同時也充當倉庫。某些貨物下船後又重新上船，讓威尼斯成為歐洲北部與黎凡特地區[15]之間的貿易中心。酒、皮革、木材、糖、油、香料、絲綢來自東方、巴爾幹地區、埃及或小亞細亞，堆積在這裡的倉庫中，然後賣到義大利、法國、法蘭德斯地區或英國。憑著稱為「市場槳帆船拍賣」（l'Incanto des galées du marché）的有限責任合夥制度[16]，威尼斯這個商業帝國經營著幾千艘槳帆船組成的艦隊，縱橫來往於地中海。它是國際性的城邦，猶太人、基督徒與摩爾人比肩來往。

這就是我初次造訪威尼斯時，震撼我的。這座城市屬於東方，也屬於西方。我站在聖馬可廣場上，勾起了開羅與伊斯坦堡的回憶。聖馬可大教堂牆面的金箔讓我想起幾座拜占庭宮殿，還有伊斯蘭學校或清真寺內部的拱門。走在某些巷弄間，我還以為自己身在一個阿拉伯古城區裡呢；建築師們把這些古城區設計得跟迷宮一樣，這樣侵略者就會迷路。我簡直身在非茲或撒馬爾罕。我想像著一個個纏著頭巾的摩爾人隱沒於這裡的窄巷中，我記得，他們裡頭最有名的那一位——奧賽羅，據說莎士比亞創造他的靈感就源於一位出使英格蘭宮廷、魅力十足的摩洛哥大使。這裡的植物也跟我童年的時候相同，有棕櫚樹，有柑橘樹，還有那攀爬宮殿牆垣的茉莉花。

威尼斯是一座沒有土地的城市。沒有土地，沒有其他財富，只有

15 Levant，黎凡特地區約為今日的賽普勒斯、以色列、伊拉克、約旦、黎巴嫩、巴勒斯坦、敘利亞，以及土耳其的一部分。

16 「有限責任合夥制度」是一種商業組織形式，具有限制合夥人對企業債務負責、所有合夥人都有企業管理權的特徵。在這個制度下，每個合夥人僅對企業債務負有有限責任，只需承擔其投資額份的損失。

鹽。人們以外面、外界、國外維生。我從中見到了我自己故事的象徵。也許我就生活在這樣的地方，一個與這個尖尖的半島相似的所在。我生活在一座海關裡，而海關的本質，就是矛盾。我沒有完全離開我的出發地，也沒有澈底居於我的到達地。我處於過境狀態。我活在世界之間的世界。

現在呢，我在這裡，自己一個人在舊海關大樓的中心，在我沒有居民、沒有生命、沒有光芒的王國裡作著女王。我從一個房間漫遊到另一個房間，而不必遞交身分證件，不必交代理由，不必為自己辯解。我奪取了這片領土的權力，顛倒了事物的運行，我在黑夜中生活，我將在黎明破曉時上床睡覺。我不必對誰交代。

終我一生，我都覺得自己是個少數，與其他人不在同樣的命運共同體裡。我從來沒遵守過傳統、儀式。集體的快樂讓我驚懼。在摩洛哥，我太西方、太法語人、太無神論了。在法國，我永遠逃不掉出身的問題，「在我的國家裡身處怪異國度」（語出法國詩人阿拉貢）。很長一段時光中，我厭恨自己如此緊張、如此不穩定。我身上的矛盾衝突讓我活不下去。我想要大家接受我，又不想要加入他們。當我們有好幾個國家、好幾種文化，就可能產生某種混亂。我們來自此地，又來自他方。我們總是自稱異鄉人，同時又厭惡別人把我們看作異鄉人。我們言不由衷。面對一個法國人跟我保證穆斯林本質上就是厭女、暴力的，我會拚盡全力為我的摩洛哥同胞辯白，堅稱他們思想開放，我會拿出無數的證據來反駁他。相反地，面對一個摩洛哥人試圖說服我，我們的國家摩洛哥是完全溫柔包容的，我就會主張完全相反的看法，堅持厭女與暴力正在侵蝕摩洛哥。

長久以來讓我掛心的，是在沒有堅實定錨、沒有我能倚賴的根基的狀況下，進行寫作的可能。我們可以當一個沒有土地的作家嗎？當我們覺得自己不屬於任何地方，有什麼可以講述的呢？

「你知道你的問題在哪嗎？你是離鄉背井的人。〔……〕沒有人告訴你嗎？離開故鄉的人從來沒有寫出什麼值得出版的東西。」海明威的其中一個角色在《太陽依舊升起》（*Le soleil se lève aussi*）說道。

在我不同的社群間撕扯，在不穩定的平衡裡寫作，我缺乏一塊滋養我、作為我寫作根源的土地。在這方面，薩爾曼・魯西迪在我的生命裡舉足輕重。魯西迪被下達追殺令時，我八歲，生活在一個穆斯林國家。當時，他是一個叛徒，一名叛教者，地球能生長出來的至惡敗類。他被西方收買，他是不信者，他否定自己祖先的宗教，吸引白人關注他。之後，我讀了他的書、他的訪談還有他的自傳，我對他的仰慕之情與日俱增。是他教了我，我們不一定要以自己同胞、同族的名義寫作，而這種雜交、混血的狀態，我們必須將之探索到極限。寫作，不是表達一種文化，而是在一種文化固步自封於種種命令、種種強迫之際，從這個文化裡抽身而出。「我們就像是墮落後的男人和女人。我們是渡過了黑水的印度教徒；我們是吃豬肉的穆斯林。結果就是，我們一部分屬於西方。我們的身分是多元的，也是局部的。有時候，我們感覺到自己跨在兩種文化之上；有時候，我們覺得自己坐在兩張椅子之間。」在我看來，頌揚雜交混血之豐富的論述，與擔憂混血雜交的論述，都無法把握住雙重身分的複雜。雙重身分是一種不適，也是一種自由，是一種悲傷，也是令人激情振奮的動機。我撕扯糾結於種種傳承、種種歷史之間，它們如此紛歧，歧異到我覺得我別無選擇，只能成為一個不安於室的存在。我想要融入群體，嘗一嘗歸屬的樂趣，那屬於一夥人、一個陣營、一個共同體的美妙滋味。我想要懷抱不可動搖的想法，不再讓心充斥、纏擾著微細的差異以及懷疑。我覺得自己就像「那些熱帶森林裡的蘭花，根系從阿科馬樹高高的枝椏上垂落，懸浮於天地之間。蘭花飄浮，蘭花追尋；蘭花渾然不覺那土地的穩定。」（語出蜜榭樂·拉闊奇，《腰果》（*Cajou*））

我剛來法國的時候，並沒有覺得自己徹頭徹尾是個外國人。我感覺到自己了解這個國家，掌握了它的規矩、文化、語言。我認識法國，但法國不認識我。我深深感受到，聖母院、福樓拜或楚浮，我是熟悉的。他們沒有談論過我，他們渾然不知有我，然而，因著一樁奇異的歷史意外，他們是我的文化傳承。

瑪麗斯·孔戴離開了她故鄉的瓜地洛普，來到巴黎攻讀文學。她在一場訪談裡講述：「我來到巴黎時，並沒有覺得置身異鄉。一切都很熟悉，因為我在這裡找到了我追尋的：對文化、對哲學的開放態度。我就像回到了自己家。我擁有法國文化，我精熟它。這個社會的某個部分是我所熟悉的。與此同時，也正是在巴黎，我意識到了自己的膚色，了解到我是黑人。」正是在法國，我成為了一個阿拉伯人。一個小阿[17]。我第一次聽見這個詞，並不懂說的是什麼。人家跟我說：「小阿，就是法國的阿拉伯人。」剎那間，我來到法國，就搖身一變成為了馬格里布裔，變成來自一塊並不明確，沒有國界、沒有差

17 beur，源於法國郊區黑話，是將阿拉伯人（arabe）顛倒音節後鑄出的新詞，與奶油（beurre）同音，用來指稱父母為北非裔的法國第二代。依語境不同，可能含有親密或歧視之意，茲譯為「小阿」。Beur 一詞如今逐漸被另一個較新的詞——rebeu 所取代，後者正是將 beur 再顛倒一次音節後形成的詞。

異或微細區別的領土。更糟的是，隨著時間一年年流逝，我發現到，我其實是——套用一下我朋友奧利維耶．桂茲太中肯了的說法——「他們喜歡的那種阿拉伯人」。一個吃豬肉也喝酒的阿拉伯人，一個掙脫桎梏但不會令人不安的阿拉伯人，一個比法國人他們自己還依戀世俗主義（laïcité）與普世性（universalité）的阿拉伯人。我是一個馬格里布女人，頭髮鬈曲、膚色深沉，還有一個外國名字，不過我有辦法引用左拉，而且我浸淫著一九五〇年代的好萊塢電影長大。他們喜歡告訴我，我跟他們都一樣，但又多帶了點異國風情。大家不會問我來自哪裡，也不會問我在哪裡長大。大家會問我，我族裔出身（origine）為何，而我有時候會答說，我不是一塊肉、也不是一瓶酒，我沒什麼產地（origine）[18]，不過我有一個國籍，一段歷史，一個童年。我從來不完全屬於這裡，也不再徹底屬於那裡，好長的一段光陰裡，我感到自己像是被剝奪了一切身分。我也自覺像個叛徒，因為我永遠無法全然擁抱我所生活的世界。總是別人來替我決定我是誰。

投身創作這部小說以來，我大量閱讀了關於殖民時代的資料。每一天，我都沉浸於默觀凝想這張一九五二年繪製的梅克內斯巨幅地圖。地圖上，我們可以清晰瞧見分開城裡各民族聚居區的界線。「在城市的秩序中，盡可能少的混合」——于貝爾・利奧泰如是說；這句話出自《行動話語》（*Paroles d'action*）一書，由方索瓦・貝姜所引用。當時，居於主流的，是隔離（ségrégation）的邏輯，我曾祖母就

18 法文的 origine 有出身、產地、起源等意義。這個字常用來描述一個人的族裔，比如 un Français d'origine taïwanaise（一個臺灣裔法國男性）、une Britannique d'origine indienne（一個印度裔英國女性）。

認為，猶太人、穆斯林與歐洲人彼此來往而不生活在一起很正常，甚至相當健康。就像紐約的蓓倫尼絲．阿博特，也像貝魯特的伊黛爾．阿德楠，我夢想著在梅克內斯的牆垣上找到身為殖民經驗的動盪遺痕。在每個地方，還有我的身上，那個時代留下了什麼樣的印記？「人不記得打他的手，不記得小時候嚇壞他的陰影；然而，這隻手、這片陰影卻一直伴隨著他，永遠與他不分離，每一次他想飛翔，這手與陰影正是推著他前進的激情的一部分。」詹姆斯．鮑德溫在《一個在地之子的札記》（*Chroniques d'un enfant du pays*）寫道。

我是身分認同受到傷害的一代人的孩子。我父母那一代人從以種族與殖民意識形態之名支配宰制他們的那些人口中，學習自由、民主、女性解放。殖民政權對自己喚作「土著」的人表示：「這個國家不是你們的。」土著也就如此思索：「我活在他人之地[19]。在我自己的家裡，我像個非法移民，就像塞拉耶佛街頭的那個年輕女人一樣，身陷危險，時時躲藏窺探。」

我說的這種語言是一種「戰利品」，我爸爸在學校裡學習法語時，全校只有包含他在內的寥寥幾名阿拉伯人。我們在家說法文，我們的生活規矩與外面的規矩不盡相同。與伊黛爾・阿德楠一樣，我讓阿拉伯語躋身神話之列，阿拉伯語是一抹私密的悲傷，一種羞恥，一道殘缺。我夢想著透澈了解阿拉伯語，連最微妙的差別也不放過，我想要掌握阿拉伯語的祕密。小時候，我們在班上學阿拉伯語，老師把她課程的一大部分都拿來教授《古蘭經》。她不准我們問問題，不准

19 同譯注4。

我們質疑某一項真理。我之所以無法通曉阿拉伯語，禍首可能就是這種教學方法。有一天，老師——她是一位白化症患者，穿的鞋子太緊了，把腳都繃得發紫——尖聲表示：「不是穆斯林的人不會上天堂。所有不信者都將落入地獄的烈火。」這讓我非常不安。我記得，淚珠湧上了我的眼眶。我想起我的祖母、我的姑媽，還有我所有終將落入撒旦之手的朋友。但我什麼都沒講。我不敢，因為我知道這個女人有多暴力，我很清楚自己應該閉嘴。在我昔日生活的這個國家，我們被教導要俯伏於最虔信的人跟前，不要惹是生非，不要冒任何險。當保守主義逐漸得勢，當宗教狂熱在社會裡攻城略地，我們就會把一生浪擲於撒謊。尤其，可別說他們沒結婚就搞在一起，可別提到他是同性戀，可別坦白他不守齋戒，把酒瓶藏好，晚上再拿出去丟，用黑色塑膠袋包好，丟到離你家幾公里遠的地方。對於傾向說真話——這真令人討厭——的小孩子，我們充滿戒心；我父母花了好幾個小時向我說明，我必須約束自己。我好討厭這樣。我恨自己的懦弱，恨自己屈服於他們的真理。魯西迪教會了我，我們寫作時不能不去預見背叛的可能，不能不說出我們童年以來所掩藏的真實。

我明白了，殖民宰制不僅形塑了精神，也形塑了身體，將之束縛、囚禁。遭受宰制的人不敢移動，不敢反抗，不敢發怒，不敢離開自己的地方，不敢表達自我。弗朗茲．法農在《大地上的受苦者》（*Les Damnés de la terre*）寫道：「土著學習的第一件事，是安於其位，不要越界；這就是為什麼土著作的夢是肌肉的夢，行動的夢，侵略的夢。我夢見我跳躍，我游泳，我奔跑，我攀爬。我夢見我縱聲大笑，我一跨就跨過一條河，一隊車子追著我，卻永遠追不到我。殖民時期，被殖民者在晚上九點與清晨六點之間不斷掙脫束縛。」

那麼，夜的領土所發揮的，就是這個作用嗎？透過窗戶，我凝視著一座座宮殿外牆，一艘艘停泊的船，遠處，我看見紫羅蘭色的一盞燈光閃爍。夜晚很危險，因為夜讓被宰制者有了復仇的念頭，讓囚犯有了越獄的夢想，讓被壓迫的女人在心間搬演種種謀殺的方案。晚上九點到清晨六點之間，人們夢想著重新創造自我，我們不再害怕背叛、害怕說出真相，我們深信自己的行為不會導致什麼後果。我們想像著，一切百無禁忌，錯誤會獲得遺忘，過失會得到原諒。夜晚，是重新創造、喃喃祈禱、渴欲激情的一片領土。夜晚，是烏托邦染上一抹真實的色彩，現實與瑣屑事物似乎不再能束縛我們的地方。夜晚，是夢的國度，我們發現，我們在自己內心的祕密中，藏著各式各樣的聲音，藏著無限繁多的世界。「我宣布，黑夜比白天更真實。」桑哥在《衣索比亞》（*Éthiopiques*）寫道。

我躺上行軍床，閉上眼睛，聽見水拍擊碼頭的聲響。好啦，我半夢半醒間對自己說。如果妳有聽妳父親的話，他大概會給妳這個忠告吧：「快逃！離開這座妳自己囚禁自己的牢獄。動身接觸世界吧。」在我四周，一切都靜止不動，我開始恨它們了，恨這些了無生氣又沉默不語的物體。這些畫，這些螢幕，這些櫥窗，這些大理石塊，讓我憤怒、讓我恐慌。

最近幾個月，我不停旅行。我在一座座車站、一個個機場等待。我通過幾十座安檢門，穿越一道道邊境，把我的護照遞給各種不同國籍的警察。有時候，我累到、我昏頭轉向到在某個旅館客房裡醒來時，已經完全不曉得自己身處哪個國家。某個早上，在墨西哥，有人敲我房間的門。我開了門，神志混沌，開始對眼前的女房務員說阿拉伯語。我作家的職業帶我踏上的這些旅程並不是冒險或探索。這些旅行是靜止不動、在封閉空間裡進行的，因為大部分的時間裡，都是從一座車站移動到一間旅館，從一間旅館移動到一座會議室，然後又再移動到一座車站月臺。對這種旅行的衝動，我的編輯憂心忡忡。他在信裡對我說：「妳馬不停蹄旅行的狂熱裡有個什麼東西是很嚇人的，就好像從今以後呢，妳生命的唯一目標就是用戳章蓋滿妳的護照頁面，把妳自己部署到地球的每個角落。」是什麼推搡著我踏上這些無休無止的旅行、踏上這逃逸之路，我也沒有很清楚。我想要懂得生活在一個地方，與我周圍的世界融為一體，享受環境與自然，卡繆在《婚禮》（*Noces*）裡就把這種景況描述得非常棒，也或者，就像希臘小說家尼可斯・卡山扎契斯筆下的人物——阿力克熙・左巴。對我來說，左巴是一個難以企及的理想。這位熱愛美食、渾身魅力的魁梧男人，這位「臉上疤痕無數的船長」，他什麼都不怕、也誰都不怕，他對自由的渴望是多麼震撼小說的敘事者。希臘左巴，他血管裡奔流的，是愛琴海；他的身體似乎是故鄉山巒的岩石打造成的。「我聽著左巴說話，感到世界又重歸清新無染。所有褪了色的日常事物都恢復了最初的光彩。水、女人、星星，還有麵包，都歸返了原始的源泉。」

或許看似矛盾，不過我覺得，我們只有在可以離開某處、往赴他方時，才有辦法住在原來這個地方。居住，不同於囚禁、被迫靜止不動、了無生氣。「你沒辦法離開你所在的地方，是因為你是弱者。」法蒂瑪．梅尼希寫道。她寫下這句話的時候，想的當然是關在女眷深宮中的女人，不過我很確定，她一定也想著那些身在丹吉爾的高處或大西洋的海濱，夢想著某個他方，寧死也要抵達這個他方的摩洛哥年輕人。身為被宰制者，身為弱者，就是被迫靜止不動，就是沒有辦法離開自己住的地方、自己的社會境遇、自己的國家。小時候的每個早晨，我都會看見西班牙、法國、加拿大領事館前排了長長的隊伍。一九九〇年代，harraga[20]現象與日俱增。所有人都想拿到一張簽證。歐洲成為了一塊既可憎、又受到瘋狂渴望的土地。所有城市的屋頂天臺大量湧現著衛星天線，它們是通往一個搆不到的世界的門，人們從電視上看著那個世界，渴望它、渴望到微微顫抖。這就是曾在丹吉爾長久生活、工作的摩洛哥藝術家伊托．芭拉達所說的「對西方的欲望」。自那以後，這個根本上的不公不義就縈繞我的心頭：幾百萬人注定無法離開自己的家園。他們被禁止旅行，他們遭到阻止、遭到囚禁。我們當代世界就是如此形構的：建立於不平等的移動、流動能力之上。

我的朋友，作家阿布杜拉・泰亞生於塞拉。塞拉是一座毗鄰拉巴特的工人之城，與拉巴特隔著布賴格賴格河對望。資產階級的拉巴特睥睨、鄙夷著自己的雙胞胎——萬頭攢動的塞拉；人們不會輕易跨越這道隔開這兩座城市的界線。阿布杜拉出身於塞拉的一個貧困街區，他滿十八歲的時候，不顧許多人的反對，決定來拉巴特攻讀文學。大家試著勸退他。他們跟他說，一個窮人家的小孩沒時間可以浪費在大學的長椅上，應該安於其位才對呀。他們說，他不該試著離開他生來注定的位置。「每一天，我都必須搭公車，從我住的地方花上差不多

20　harraga 源於阿爾及利亞阿拉伯語，指乘小船穿越地中海，非法入境歐洲的北非人。

半個小時的車程，來到我讀文學的大學。這樣的公車旅程以距離來說是沒什麼的，我母親卻必須為此做出無可想像的犧牲。一九九二到一九九八年，她必須想辦法籌出我每日交通所需的十二迪拉姆[21]。沒有她，沒有這公車旅程，我就沒有辦法脫離我的原生環境、逃離我的命運。」他有一天這樣跟我講。我們倆彼此說道，如果我們沒有成為作家，如果我們沒有移民外地，我們大概永遠不會結識對方吧。我們想必會生活在毗鄰的兩座城市，或許還會在某條街上、某片海灘上錯身而過，但要成為朋友，那是不可能中的不可能。為了成為自由的人，為了成為我們自己，我們兩個必須從這條河的兩岸各自脫身而出。必須尋得一個他方，在那個他方，創造全新的自己。◆

21 dirham，或譯迪爾汗，為摩洛哥貨幣。

「抱歉小姐，不好意思，您必須醒來了。」

我感覺到一隻手擱上我的肩膀，有一個男人對我說著義大利語。我睜開眼睛。一張臉俯瞰著我。我害怕到滾下行軍床來，一頭撞上地板。陌生人嚇壞了。他想知道我有沒有弄痛自己，要不要叫人來救。我擺擺手，一邊拍拍衣服的灰塵、一邊起身，假裝自己不會痛。我額頭上腫了個包；尤其，在這個殷切無比的男人面前——我很確定，他憋著笑，就怕惹我生氣——我羞恥到快死掉了。

我知道他不是警衛，但他必須在第一批訪客到來以前打掃乾淨這個展間。現在，天光已經亮了，我剛剛經歷的夜晚對我來說澈澈底底不真實。生活仍在繼續，離我不眠不休的夸夸大論相當遙遠，而這個男人開始了他一天的工作。我用一隻手捋了捋我那蓬亂的頭髮，對他示意說我要走了，我動作會快一點，我很抱歉，很快我就會消失了，不會再干擾他了。我忘了我把鞋子留在哪裡，便赤著腳在荒寂無人的博物館裡奔跑。我感覺到，夜裡我曾與之對話的這些作品，已經變成陌生人了。它們閉鎖了自己，再也不注意我了，彷彿我與它們素昧平生。我在某一座玻璃溫室的腳下拎起我的靴子，夜來香的芬芳終於從溫室裡升起。這花香伴隨著我走向昨天傍晚我進來的門。我推開這扇門，而當我跨過門檻，一個問題襲上我的心頭：這扇門，會不會之前一直是開著的？我想要的話，是不是原本可以在半夜逃走？我是不是原本能夠越獄？

我離開得太匆忙了，連現在幾點都不知道。黎明才剛破曉。城市是青藍色的，荒寂無人。一點聲響也沒有。一個散步的人都沒有，除了那在遠處奔跑的人影，他在那邊跑著，轉眼又消失了。我從安康聖母教堂前面經過，走過一座小木橋。四下無人，我把臉貼上一扇鏤花大門，試圖窺探一座花園裡面的模樣。牆的上方垂懸著一棵棕櫚的枝葉，還有一株盛放的紫藤，就像在拉巴特的花園裡。這棟屋子，我想，應該是沒有人住的。

廣場上，一個男人開張著他的咖啡館。他從露天雅座的桌子之間走了出來，觀察著我。我的衣服皺巴巴的，頭髮亂七八糟，妝在臉頰上流淌。我的臉看來就是個一夜無眠的女人。他在心中編了個怎麼樣的故事？一個被人拒絕的情婦的故事？一個黎明時分離開情人房子的不忠女人的故事？我十六歲的時候，在那些浪遊不歸的夜裡，我們常常一路跳舞到天明。我們還有點醉，晨光驚詫了我們。黎明既是一種解脫——我活下來了——也是個憂鬱盈滿的時刻。它標誌了一場魔法的終結，我於是發現了，與我歡宴同行的夥伴是多麼蒼白，神色是多麼憔悴，嘴巴因為噁心的感覺而扭曲變形。

「過來坐。」服務生用下巴對我打了招呼。我入座一張桌子旁，點了杯濃咖啡，燃起一根菸。廣場空蕩蕩的。沒有人倚著噴泉。沒有導遊高高把彩色旗子或一把雨傘高高舉在頭上的旅行團。輕輕地、緩緩地，一場芭蕾開始了。百葉窗紛紛拉開。一個女人懷抱著小孩，從一棟房子裡走了出來。一個個身影穿越廣場。我那又濃又燙的第二杯咖啡送來桌上時，生活已恢復了日常流轉。

很快，我就必須回到我的巢穴裡，坐回書桌後方。很快，我就必須和這一夜與我為伴的物件一樣靜止不動，對他者冷漠以待。我的人物在等我，我將把他們從深處挖出來，我將掘出一個個祕密。我將為一個個幽靈賦予生命。因為，文學與藝術一樣，與日常生活的時間了無相關。文學一點都不在乎橫亙過去與現在間的各種界線。文學讓未來乍然而至，將我們送回兒時明亮的森林。當我們寫作，過去就並未死逝。

寫作對我來說，曾是一項修補的事業。一種與我父親蒙受的不公不義息息相關的，私密的修補。我曾想要修補一切的恥辱：我的家人遭受的恥辱，還有我的民族、我的性別遭受的恥辱。也要彌補我毫無歸屬、不為任何人說話、生活在無何有之鄉的感覺。我曾經能夠認為，寫作將給我一個穩定的身分，至少寫作能讓我創造自己，不受他人眼光影響地定義自己。但我領悟到了，這樣的想像是一種幻覺。相反地，寫作如今對我來說，就是自己讓自己永遠活在邊緣。我寫得愈多，愈覺得自己遭到放逐，是個異鄉人。我把自己關起來好幾個白天黑夜，試著訴說那些流湧心頭的羞恥感、不適感、孤獨感。我活在一座島上，不是為了逃離別人，而是為了默觀諦賞他們，從而滿足我對他們的熱情。寫作是不是拯救了我的生命，我不曉得。一般來說，我對這類的講法抱持著戒心。不當作家，我很可能仍舊可以活下來。但我不確定，那樣的話，我會不會幸福。◆

致謝

寫作，就是孤獨。然而……

我全力感謝我的編輯、我的朋友——阿琳娜・古荻耶（Alina Gurdiel）。沒有她，就沒有這本書。她用熱忱與激情籌畫出了威尼斯的這個瘋狂夜晚。在這幾周的寫作過程中，她陪伴著我，她的殷切與溫柔化為美妙回憶，長存我的心間。感謝馬當・貝特諾（Martin Béthenod）在海關大樓博物館接待我們，並慷慨與我分享他對威尼斯、對當代藝術的觀點。亦感謝曼努葉・卡卡頌（Manuel Carcassonne）以鋒利、卓越的眼光審視我的書稿，感謝他所懷抱的，讓他活力充沛的文學激情——在這點上，我與他是一樣的。最後，我感謝吾友尚—巴諦斯特・德拉墨（Jean-Baptiste Del Amo），他同意擔任我的第一個讀者，他的評論讓我獲益良多。

帕德諾	Paderno	104
塞拉	Salé	127
里阿爾托	Rialto	139
朱代卡島	Giudecca	139
大運河	Canal Grande	139
朱代卡運河	Canal de la Giudecca	139
撒馬爾罕	Samarcande	141
馬格里布	Maghreb	147
安康聖母教堂	Basilique Santa Maria della Salute	162

書中所提及的策展藝術家

中文	原文	頁數
蓓倫尼絲・阿博特	Berenice Abbott	52
伊黛爾・阿德楠	Etel Adnan	66
菲利克斯・岡薩雷斯－托雷斯	Felix González-Torres	73
羅尼・霍恩	Roni Horn	75
伊山・貝哈達	Hicham Berrada	79
亞歷山德羅・琵昂季雅摩	Alessandro Piangiamore	98
安利・沙拉	Anri Sala	102
菲利普・帕雷諾	Philippe Parreno	120
塔蒂安娜・杜薇	Tatiana Trouvé	121

地名

中文	原文	頁數
梅克內斯	Meknes	20
侯煦夏大道	boulevard Rochechouart	24
帝國電影院	Empire Cinema	25
海關大樓博物館	Punta della Dogana	28
諾曼地	Normandie	30
隆德拉宮飯店	hôtel Londra Palace	42
嘆息橋	Pont Des Soupirs	42
聖馬可廣場	Place Saint-Marc	42
烏菲茲美術館	Galerie des Offices	43
波波里花園	Jardin de Boboli	43
托納波尼路	Via Tornabuoni	43
札格雷布	Zagreb	54
拉巴特	Rabat	62
貝魯特	Beirut	66
阿斯塔波沃	Astapovo	74
穆罕默迪耶	Mohammedia	82
丹吉爾	Tangier	82
卡薩布蘭卡	Casablanca	83
非茲	Fez	89
阿爾薩斯	Alsace	90
塞拉耶佛	Sarajevo	101

安東・契訶夫	Anton Chekho	80
法蒂瑪・梅尼希	Fatema Mernissi	88
曼・雷	Man Ray	94
歐仁・阿傑	Eugène Atget	94
杜斯妥也夫斯基	Fyodor Dostoyevsky	96
亞歷山大・普希金	Alexander Pushkin	96
維克多・雨果	Victor Hugo	96
羅蘭・巴特	Roland Barthes	99
彼得・柴可夫斯基	Peter Tchaikovsky	101
漢斯－烏爾里希・奧布里斯特	Hans-Ulrich Obrist	103
伏郎寇・法露非	Franco Farolfi	104
皮耶・保羅・帕索里尼	Pier Paolo Pasolini	104
布萊茲・帕斯卡	Blaise Pascal	107
薩拉・史帖榭	Salah Stétié	107
伊本・赫勒敦	Ibn Khaldoun	108
瑪麗蓮・夢露	Marilyn Monroe	113
洛琳・白考兒	Lauren Bacall	114
賽德・查里斯	Cyd Charisse	114
凱瑟琳・赫本	Katharine Hepburn	114
田納西・威廉斯	Tennessee Williams	116
喬伊斯・卡洛・奧茲	Joyce Carol Oates	116
卡森・麥卡勒斯	Carson McCullers	118
楚門・卡波提	Truman Capote	118

詞表對照

人名

中文	原文	頁數
菲利普・羅斯	Philip Roth	18
羅伯特・路易斯・史蒂文森	Robert Louis Stevenson	18
厄內斯特・海明威	Ernest Hemingway	18
列夫・托爾斯泰	Leo Tolstoy	20
腓特烈・賀德林	Friedrich Hölderlin	29
艾蜜莉・白朗特	Emily Bronte	29
弗朗切斯科・佩脫拉克	Francesco Petrarca	29
古斯塔夫・福樓拜	Gustave Flaubert	29
法蘭茲・卡夫卡	Franz Kafka	29
萊納・瑪利亞・里爾克	Rainer Maria Rilke	29
保羅・莫杭	Paul Morand	32
費德里柯・費里尼	Federico Fellini	34
維吉尼亞・吳爾芙	Virginia Woolf	34
史蒂芬・茨威格	Stefan Zweig	37
卡洛・哥爾多尼	Carlo Goldoni	40
托瑪斯・曼	Thomas Mann	40
菲利普・索萊爾思	Philippe Sollers	40
艾茲拉・龐德	Ezra Pound	40

國家圖書館出版品預行編目

夜裡的花香 / 蕾拉 . 司利馬尼 (Leïla Slimani) 著 ; 林佑軒譯 . -- 初版 . -- 新北市 : 木馬文化事業股份有限公司出版 : 遠足文化事業股份有限公司發行 , 2023.09
面 ; 公分. -- (木馬文學 ; 166)
譯自 : Le parfum des fleurs la nuit
ISBN 978-626-314-499-6 (平裝)
876.6 112011687

木馬文學 166

夜裡的花香：我在博物館漫遊一晚的所見所思

Le parfum des fleurs la nuit

作者 蕾拉・司利馬尼（Leïla Slimani）
譯者 林佑軒
社長 陳蕙慧
副社長 陳瀅如
總編輯 戴偉傑
責任編輯 丁維瑀
行銷總監 陳雅雯
行銷企劃 趙鴻祐
封面設計 馮議徹
排版 宸遠彩藝工作室

出版 木馬文化事業股份有限公司
發行 遠足文化事業股份有限公司（讀書共和國出版集團）
地址 231 新北市新店區民權路 108-3 號 8 樓
電話 (02)2218-1417
傳真 (02)2218-0727
Email service@bookrep.com.tw
郵撥帳號 19588272 木馬文化事業股份有限公司
客服專線 0800-221-029
法律顧問 華洋法律事務所 蘇文生律師
印刷 前進彩藝有限公司

初版一刷 2023 年 9 月
定價 330 元
ISBN 978-626-314-499-6
EISBN 9786263144965（EPUB）、9786263144958（PDF）